리턴마스터

리턴 마스터 10
류승현 장편소설

초판 1쇄 찍은 날 § 2018년 4월 13일
초판 1쇄 펴낸 날 § 2018년 4월 20일

지은이 § 류승현
펴낸이 § 서경석

총괄팀장 § 최하나
편집책임 § 이지연
디자인 § 신현아

펴낸곳 § 도서출판 청어람
등록번호 § 제387-1999-000006호
등록일자 § 1999. 5. 31
어람번호 § 제1-2883호

주소 § 경기도 부천시 원미구 부일로 483번길 40 서경B/D 3F (우) 14640
전화 § 032-656-4452 팩스 § 032-656-4453
http://www.chungeoram.com
E-mail § chungeorambook@daum.net

ⓒ 류승현, 2017

ISBN 979-11-04-91707-3 04810
ISBN 979-11-04-91429-4 (세트)

10

류승현 장편소설

리턴마스터

FUSION FANTASTIC STORY

리턴마스터

Contents

· 90장 ·
기계와 인간

사라지지 않았다.

"......?"

의식은 여전히 또렷했고, 보이는 거라곤 오직 어둠뿐이었다.

'보통 이쯤 되면 의식이 사라지면서 전이가 되어야 하는데?'

나는 초조함을 느끼며 기다렸다.

그러자 눈앞에 문장이 나타났다.

[전이(상급) 실패]

"뭐?"

나는 순간적으로 문장에 스캐닝을 사용하며 의식을 집중했다.

[전이 실패 — 전이의 각인은 소유자의 숙련도에 따라 성공 확률이 정해짐. 최악의 경우, 원하는 장소와 전혀 다른 곳으로 전이됨]

'뭐 이런 게 다 있어!'

나는 입술을 깨물며 흔들리는 멘탈을 즉시 다잡았다.

'침착해라. 그래, 처음 지구로 돌아왔을 때 한국이 아니라 오키나와로 떨어진 것도 이것 때문인가?'

하지만 그때는 지금처럼 '실패'라는 문장은 안 떴다.

무언가 다르다.

만약 실패했더라도 목표인 뱅가드가 아니라 어디라도 전이를 했어야 한다.

하지만 나는 여전히 어둠 속에 묶여 있는 처지다. 나는 조심스럽게 주변을 더듬으며 생각했다.

'여긴 아직 K2의 정상인가? 하지만 아무것도 느껴지지 않는다. 추위도, 근처에 있던 바위 봉우리도……'

그때, 눈앞에 빛이 나타났다.

동시에 심장이 옥죄는 듯 아렸다. 나는 이를 악물며 빛을 마주 보았다.

'이 느낌은⋯⋯.'

처음이 아니다.

각인 능력 여러 개를 최상급으로 높여 '각성자'의 칭호를 받았을 때.

바로 그때다.

그 모든 걸 주관한 초월체가 직접 나타나 내게 말을 걸었던 바로 그 순간의 감각.

그때, 빛이 말했다.

─한번 만나고 싶었다.

순간, 온몸이 일그러지며 내부로 압축되는 듯한 압력이 느껴졌다.

다르다.

지금까지 만났던 초월체와는 압박감 자체가 차원이 다르다.

나는 최대한의 평정을 유지하며 지금 내게 벌어지는 일을 파악했다.

"설마⋯⋯."

─초월체의 의지와 인간의 접촉은 본래 정해진 협약 안에서 이뤄져야 한다. 하나, 최초의 다섯 개의 본질 중에 빛은 홀로 다른 존재가 되었다. 그리하여 빛은 스스로 예외를 두기로 결정했다.

그것은 스스로를 빛이라 칭하는 초월체였다.

"레비!"

나는 이를 갈며 소리쳤다.

당장에라도 눈앞의 빛 무리를 베어버리고 싶다.

하지만 그렇게 할 수 없다. 전이의 광선을 스스로에게 사용한 순간, 나는 온전히 레비의 손아귀에 들어온 셈이었다.

나는 가까스로 마음을 다잡으며 소리쳤다.

"이 사기꾼! 네놈이 전이의 각인에 농간을 부린 거지!"

―그 힘은 본래 빛의 힘.

"큭……."

순간 온몸에 힘이 풀리며 뼈마디가 시렸다. 나는 그대로 한쪽 무릎을 꿇으며 애써 균형을 유지했다.

―하지만 다섯 초월체의 협약에 따라, 본질적으로 빛은 스스로 내린 각인 능력에 간섭할 수 없다.

"가… 간섭했잖아, 지금!"

―그렇다.

레비는 순순히 시인했다.

―빛은 협약을 어기고 간섭했다. 하지만 빛에겐 이 정도 예외는 허락된다.

"어째서? 왜 너만 다르지?"

―빛은 유일하다.

레비는 너무도 당연한 듯 말했다.

―빛은 다른 본질과 다르다. 빛은 본질 너머를 추구한다. 그것을 위해 빛의 이름을 딴 세계에서 가장 높은 믿음을 구

축했다.

레비그라스.

빛의 이름을 딴 세계.

유일하며, 숭고하고, 성스러우며, 압도적이다.

'같은 공간에 존재하는 것만으로도 정신이 오염되는 것 같
군…….'

나는 없던 믿음이 생기는 듯한 기분에 치를 떨며 말했다.

"믿음? 레비교를 믿는 인간들의 신앙 말인가?"

─그렇다. 하지만 아무리 빛이라도 직접적으로 간섭하진 않
는다. 빛이 간섭할 수 있는 것은 빛의 의지를 받은 추종자뿐.

"추종자라니, 레빈슨 말인가?"

─시간이 없다. 빛은 다른 본질의 의지를 받은 인간에게 경
고한다.

레비는 자신의 빛을 수천 배로 확대하며 말했다.

─죽어라.

그 순간, 나는 정말로 자살할 뻔했다.

비록 잠깐뿐이었지만, 나는 내 스스로가 죽어 마땅한 인간
이라 확신했다.

'아니, 죽어 마땅한 건 저 초월체다.'

나는 극한의 정신력을 발휘했다. 이 공간 속에서 육체가 제
대로 움직이지 않았기에 망정이지, 현실이었다면 칼을 뽑아
자신의 목을 베어 날렸을지도 모른다.

초월체는 명백히 스스로의 힘을 과시하고 있었다. 나는 빛을 노려보며 소리쳤다.

"닥쳐! 내가 왜 죽어야 하는데!"

—단지 너뿐이 아니다. 너를 포함한 모든 지구의 인류는 죽어야 한다.

"이제 안 그래도 돼! 내가 신의 성물을 지구에 심었다고!"

—언성을 낮추라.

순간 목에 힘이 풀렸다. 나는 호흡이 속으로 말리는 듯한 기분을 느끼며 컥컥댔다.

—네가 계획한 모든 일, 그리고 네가 실행한 모든 일. 그 모든 것이 인류의 운명을 바꿀 수 있다는 것은 인정한다.

"그런데 왜……."

—하나 바뀌지 않을 수도 있다. 만에 하나라도 그럴 가능성이 있다면 인류는 죽어야 한다.

"어째서……."

—빛은 모든 차원이 공허와 어둠에 물드는 것을 단지 가능성에 맡겨둘 수 없기 때문이다.

"큭……."

동시에 두려움이 온몸을 파고들었다.

레비의 말은 사실이다.

내가 지구인을 멸망으로부터 구하고, 다른 차원의 침략에 사용되는 병기로 사용되는 것을 막을 수도 있다.

하지만 못 막을 수도 있다.

그리고 못 막는다면 모든 차원은 바로 그 우주 괴수에 의해 멸망할 것이다.

─바로 그렇다.

레비는 내 생각을 정확히 읽었다.

─그러니 죽어라. 빛은 네게 모든 지구인을 죽이라 말하지 않겠다.

"하지만… 내가 죽으면 모든 지구인도 죽겠지."

나는 이를 뿌득거리며 억지로 버텼다.

"그러니 사양한다. 죽일 거면 네 손으로 죽여보든가, 빛의 신 레비."

─그것은 불가능하다. 아무리 빛이 본질 너머를 추구하며, 그것을 추구할 힘을 가졌다 해도 최초의 협약은 유효하다. 빛은 단지 약간의 예외를 새로 규정할 뿐.

"그럼 당장 꺼져……."

당장 안 꺼지면 내 심장이 터져 죽을 지경이다.

하지만 레비는 마치 그것을 즐기는 듯, 집요하게 그곳에 머물며 날 괴롭혔다.

─빛도 새로운 규정을 유지하기 위해 대량의 자원을 소모하고 있다. 너는 스스로를 자랑스러워해도 좋다. 본질을 너머선 섭리의 정수가 고작 한 명의 인간과 의식을 나누기 위해 스스로를 소모시키고 있는 것이다.

"이제 그만……."

─하지만 너는 평범한 인간이 아니다. 이미 인간을 초월하여 본질과 조금 더 가까워졌다. 그러니 고통스럽겠지. 빛은 너의 고통을 원한다. 빛의 계획을 어그러뜨린 초월자의 존재를 지탄한다.

"……."

더 이상 입을 열 수조차 없다.

이 공간에 있는 것만으로도 존재 자체가 으스러지는 듯했다.

마치 영혼이 소멸하는 것처럼.

─네 정신력은 대단하다. 빛은 그것에 감탄한다. 이미 멸망한 지구의 존재가 너를 그렇게 강하게 만드는 것인가?

"……."

─좋다. 빛은 최초의 협약의 일부를 어겼고, 그에 대한 대가로 세 가지의 진실을 전달한다. 이것은 초월체들의 새로운 협약으로 인정되었다.

그만 말해.

그만 사라져.

제발…….

─첫 번째는 네게 첫 번째 퀘스트를 내린 초월체가 바로 빛이란 진실이다.

순간 눈이 번쩍 떠졌다.

'뭐라고?'

—두 번째는 아무리 빛이라 하여도 앞으로 다시는 이런 예외를 두어 다른 인간과 접촉하지 않을 거란 진실이다.

"……."

—그리고 세 번째는 전이의 각인이 실패할 경우, 사용자는 자동적으로 빛과 차원의 연결점인 성물이 존재하는 차원으로 이동하게 된다는 진실이다.

레비는 그렇게 말하고 사라졌다.

동시에 의식이 아득해지며 천천히 수면 아래로 가라앉았다. 나는 마지막까지 레비에게 들은 세 가지 진실을 곱씹으며 생각했다.

'첫 번째 퀘스트는 '회귀의 반지를 파괴하라'인데? 그 퀘스트를 내린 게 레비라고?'

사실 이제 와서 그건 아무래도 상관없다.

안 파괴하면 그만이니까.

'두 번째도 상관없다. 앞으로 이런 식으로 안 나타난다는 거니까… 다행이지.'

문제는 세 번째 진실이다.

'왜 굳이 그런 걸 밝힌 거지? 레비의 성물이 있는 차원이라니, 어차피 레비그라스로 돌아가는 건 똑같지 않나?'

순간 등줄기에 소름이 돋았다.

지금 레비의 성물은 레비그라스에 없을 가능성이 있다.

＊　　　＊　　　＊

일어나 보니 낯선 하늘이다.

짙은 회색의 안개를 바탕으로 마치 오로라처럼 휘황찬란한 흐름이 하늘 전체에 일렁이고 있었다.

환상적이다.

그것은 대단히 비현실적인 현실이었다. 나는 멍하니 하늘을 바라보며 중얼거렸다.

"저 일렁거리는 빛은 대체… 그리고 여긴… 콜록!"

순간 기도가 막힌 듯 폐쇄감이 느껴졌다. 나는 정신없이 컥컥대며 호흡을 가다듬었다.

숨 쉬기가 힘들다.

해발 8천 미터가 넘는 K2의 정상에서도 끄떡없던 내가 평범한 땅 위에서 호흡 곤란에 힘겨워하고 있는 것이다.

'아니… 평범한 땅이 아니다.'

나는 주변의 흙을 손으로 움켜쥐었다.

말라붙은 진흙과 같은 흙은 내가 움켜쥔 순간 모래처럼 부서지며 바람에 흩날렸다.

황무지.

그것도 지금껏 보지 못한 독특한 느낌의 황무지다.

굽기 전의 초콜릿 쿠키와 같은 질감의 땅이 끝없이 펼쳐져 있다.

언덕도 있고, 산도 보인다. 하지만 그 어디에도 풀과 나무는 보이지 않는다.

그리고 동물도.

'대체 여긴 어디지?'

나는 즉시 맵온을 열었다.

그러자 처음 보는 지도가 펼쳐졌다. 레비그라스도 아니고, 지구도 아니다.

"오비탈 차원인가……."

나는 눈을 질끈 감으며 한숨을 내쉬었다.

빛의 신 레비와 조우했을 때, 그는 마지막으로 전이의 각인이 실패했을 때의 결과를 말해주었다.

'그렇다면 결국 레비의 성물은 오비탈 차원에 있다는 말이군. 물론 여기가 진짜 오비탈 차원인지는 아직 확신할 수 없지만…….'

하지만 확인할 수 있는 방법이 있다. 나는 맵온에 '사이보그'를 검색했다.

그러자 지도에 몇 개의 은색 점이 깜빡였다.

'가깝다!'

그와 동시에 멀리 언덕 너머로 번쩍이는 크롬색의 병사들이 모습을 드러냈다.

왼편도, 오른편도.

그리고 사격이 시작됐다.

지이이이이이이잉!

파지지지지지지지직!

타다다다다다다다당!

쾅광! 쾅과과과과과광!

그것은 한 종류의 공격이 아니었다.

레이저로 추정되는 광학 병기, 일정 범위에 전자기 펄스장을 터뜨리는 EMP, 대구경 실탄, 고폭탄.

상상할 수 있는 모든 물리적인 병기가 총동원됐다.

"망할!"

나는 오러를 발동시키며 정면을 향해 질주했다.

가장 가까운 적과의 거리만 해도 1㎞가 넘는다.

그리고 공격을 쏟아붓는 적들은 사이보그가 아니었다. 근처에 맵온으로 확인되는 사이보그는 열 명도 안 됐기 때문이다.

로봇이다.

수백, 아니, 수천 기의 인간을 닮은 로봇이 다양한 무기를 장착한 채 집중사격을 가하고 있었다.

'도착하자마자 축하 파티인가?'

나는 순식간에 거리를 좁힌 다음, 양팔이 개틀링을 연상시키는 로봇 부대를 향해 컴팩트 볼을 집어 던졌다.

쾅과과과과과과과광!

동시에 내가 만든 폭발 속으로 몸을 던졌다.

'싸우는 건 어렵지 않다. 하지만……'

문제는 상황 파악과 적의 규모다.

정보 취득이 제대로 안 된 상태로 무작정 자신의 힘만 믿고 적과 싸우는 건 미련한 짓이다.

나는 가장 먼저 사방에 쫙 깔린 로봇 중에 하나를 스캐닝했다.

이름: 아이릭사㈜ C형 양산 로봇 — 27133
특징: 오비탈 차원의 최대 기업인 아이릭의 주력 생산 로봇. 다양한 병기를 장착 가능

끝이다.
기본 스텟이나 특수 스텟이 표시가 안 된다.
'어째서?'
스캐닝이 제대로 작동하지 않는 걸까?
하지만 당장 중요한 건 그게 아니었다. 나는 맵온에 새롭게 '로봇'을 검색했다.

그러자 무수한 회색 점이 깜빡였다.

로봇 — 13,223

나를 중심으로 약 30㎞ 안에 1만 기가 넘는 로봇이 배치되어 있다.

'망할!'

나는 그중에 그나마 로봇이 적게 배치된 동쪽의 포위망을 돌파했다.

그 순간, 레이저 병기로 무장한 300여 기의 로봇의 공격이 집중되었다.

내 몸으로.

지이이이이이이이이이잉!

동시에 폭발이 일어났다.

콰과과과과과과과과과과과광!

'왜 광학 병기가 폭발을 일으키지?'

나는 즉시 고스트 소드를 만들어 적진으로 집어 던졌다.

콰직!

콰직!

콰지지지직!

엑페에게 전수받은 오러 스킬은 대단히 효과적이었다.

밀집되어 있는 수십 기의 로봇을 관통해 일거에 박살 내며 적진을 일방적으로 유린한다.

하지만 그것뿐이었다. 나는 또다시 집중되는 레이저 사격을 피하기 위해 전력으로 몸을 날렸다.

광학 병기는 피할 수가 없다.

내가 아무리 빠르게 달린다 해도 빛보다 빠르게 달리는 건 불가능하니까.

기대할 수 있는 것은 무기를 쥔 로봇들의 겨냥이 빗나가는 것뿐.

하지만 로봇의 겨냥은 실로 기계적이었다. 내 최대 속도를 미리 계산하고 예측해서 유효한 지점에 착탄군을 만들었다.

지이이이이이이이이잉!

지이이이이이잉!

또다시 수백 발의 레이저가 내 몸에 명중되며 폭발이 일어났다.

콰과과과과과과과과광!

'망할! 왜 이쪽 방향에 레이저 로봇이 집중되어 있는 거지? 혹시 일부러 유도한 건가?'

처음 포위망에 갇혔을 때는 레이저를 제외한 다양한 공격이 쏟아졌다.

하지만 동쪽으로 방향을 튼 이후로는 실로 레이저 일변도였다. 내가 할 수 있는 일이란 그저 몸으로 공격을 버티며 눈앞에 있는 로봇들을 베어 넘기는 것뿐이었다.

물론 로봇은 익숙하다.

전생에 오비탈 차원의 귀환자가 돌아왔을 때, 항상 수십 기의 로봇 군단을 동행했기 때문이다.

그리고 상대적으로 다른 차원의 귀환자보다 상대하기 쉬웠다. 로봇들의 화력과 기동력은 상당했지만 제아무리 단단한 로봇이라도 실탄과 포탄으로 파괴가 가능했기 때문이다.

하지만 숫자가 너무 많다.

그리고 그 모든 로봇이 서로 완벽하게 연결되어 유기적으로 공세를 연계하고 있다.

나는 즉시 남은 오러를 확인했다.

오러: 411(671)

'벌써 백 이상 떨어진 건가?'

지구에서 출발할 때 마지막으로 확인한 게 518이었다.

그때는 660대 초반이었던 오러의 최대치가 671로 올랐다는 것에 만족하고 있었다.

지구에서 수많은 몬스터와 귀환자를 사냥한 대가로 약간이었지만 오러가 상승한 것이다.

하지만 지금은 그런데 집착할 때가 아니었다. 나는 지금 이 순간에도 빠르게 줄어들고 있는 오러에 식은땀을 흘렸다.

'오비탈 차원 역시 지구처럼 오러의 회복이 느릴 것이다.'

혹은 아예 안 될지도 모른다.

생각이 거기에 미친 순간, 나는 노바로스의 강화와 아이시아의 내구력을 발동시켰다.

그리고 교전 자체를 머릿속에서 지웠다. 오직 전장에서 빠져나가는 것에 모든 역량을 집중하며 전력으로 질주했다.

*　　　*　　　*

"당신 말이 맞았군요, 레빈슨."

매끈한 금속 석상이 스크린을 보며 말했다.

"2개 보병사단으로 충분할 거라고 판단했습니다만, 제가 레비그라스의 힘을 과소평가한 모양입니다."

넓은 벽 전체를 꽉 채운 스크린에는 보라색 오러와 붉은 화염을 두른 인간이 미친 듯이 질주하고 있었다.

그것은 육안으로는 따라잡기 힘들 정도의 속도였다. 옆에 서 있던 레빈슨은 뒤집어쓴 우주복이 불편한 듯 헬멧의 연결 부분을 계속해서 조작하고 있었다.

"말씀드리지 않았습니까. 소드 마스터는 일당백이라고 말입니다. 여기서는 일당만 정도가 되겠군요."

"크론톰 지역은 스케라 폭풍이 강해서 정예군을 보내는 것을 주저했습니다. 제 실책이었군요."

마침 스크린의 영상이 심하게 흔들리기 시작했다. 레빈슨은 의아한 표정으로 물었다.

"스케라는 이쪽 세계의 마나가 아닙니까? 여러분들의 동력이기도 하고 말입니다. 어째서 그 힘이 폭풍처럼 몰아치는 것이 문제가 될 수 있습니까?"

"너무 강한 오비탈은 생체에 이상을 끼칠 수 있습니다. 우린 완벽한 기계가 아니니까요."

금속 석상은 레빈슨을 향해 몸을 돌리며 말했다. 레빈슨은 쓴웃음을 지으며 석상에게 말했다.

"솔직히 말씀드리면 대체 당신의 어디에 '생체'라는 것이 존재하는지 의문입니다, 아이릭."

"두뇌, 척수, 그리고 일부 내장입니다."

아이릭이라 불린 석상은 조금의 동요도 없이 기계적인 말투로 대답했다.

"스케라는 기계를 움직이는 가장 뛰어난 에너지입니다. 하지만 아이러니하게도 생체에 축적되어 있을 때 가장 높은 효율을 보여줍니다. 그래서 어쩔 수 없이 생체의 일부를 남겨놓은 겁니다."

"만약 그렇지 않다면 모든 걸 기계로 대체할 생각이었습니까?"

"물론입니다."

"두뇌도?"

"전자두뇌는 이미 보편화된 기술입니다. 지금 저의 두뇌만 해도 이미 전자두뇌의 도움으로 1,240%의 성능 향상을 이뤄내고 있습니다. 여기서 생체인 두뇌를 떼어낸다 해도 기능 자체의 저하는 크게 발생하지 않습니다."

"…그렇군요."

레빈슨은 우주복 안에서 몸을 떨며 고개를 끄덕였다.

그가 오비탈 차원과 교류한 지도 이미 오랜 시간이 지났다.

덕분에 이곳의 차원이 다른 지식과 문화에 대해 어느 정도
는 이해할 수 있게 되었다.

하지만 앞으로 수백 년이 더 지난다 해도 그는 결코 이곳
차원의 인간들과 친해질 수 없을 듯했다.

레빈슨의 관점으로 볼 때, 그들은 이미 인간이 아니었다.

하지만 전면적인 도움을 주는 그들에게 대놓고 그런 이야기
를 할 수는 없었다. 레빈슨은 가볍게 헛기침을 하며 스크린을
가리켰다.

"어쨌든 반드시 문주한을 제거해야 합니다. 저 로봇 병사들
로는 무리일 것 같군요."

"인간의 육체로 저렇게 빠르게 움직일 수 있다니, 솔직히 놀
랐습니다. 당신이 데려온 지구인도 저 정도는 아니었는데 말
입니다. 그렇다면……."

아이릭은 허공에 새로운 스크린을 띄우며 말을 이었다.

"기사단을 동원하는 수밖에 없겠군요."

"여기도 기사단이 존재합니까?"

"아이릭사의 공안 기사단입니다. 크론톰 지역으로 보내는
건 위험성이 있지만 어쩔 수 없겠죠."

오비탈 차원은 레빈슨이 일반적으로 생각하는 '국가'란 개
념이 없었다.

이곳을 지배하는 것은 모든 자본과 기술을 잠식한 세 개의
거대 기업뿐이었다. 레빈슨은 기사단이라는 단어에 가벼운 거

부감을 느끼며 말했다.

"솔직히 미덥지 않군요. 그들로 되겠습니까? 그냥 전에 보여주신 원거리 폭격 병기를 대량으로 사용하는 게 어떻습니까?"

"스케라 미사일은 물론 위력적입니다."

그때 스크린이 지지직거리다 완전히 사라졌다. 아이릭은 잠시 침묵하다 말을 이었다.

"하지만 크론톰 지역에 한해서 효과가 반감되며, 목표를 정확히 겨냥하는 것도 불가능합니다."

"그 스케라 폭풍인가 하는 것 때문에 말입니까? 당장 화면이 끊긴 걸 보니 폭풍이 심해지고 있나 보군요."

"네. 당신의 신은 어째서 저 인간을 하필 저 지역으로 보냈는지 모르겠습니다."

아이릭은 기계적인 목소리로 질책하듯 말했다.

"이 행성에서 유일하게 개척되지 못한 지역입니다. 세 기업의 대립 때문에 함부로 움직일 수도 없습니다. 어쩌면 저 인간이 스스로 저 지역을 빠져나와 도시로 들어오는 걸 기다리는 게 좋을 수도 있겠군요."

"그건 안 됩니다."

레빈슨은 즉시 고개를 저으며 말했다.

"시간을 끌면 도망칠 겁니다. 7일이 지나면 다시 전이의 각인을 쓸 수 있게 될 테고… 그러면 지금까지 계획했던 모든 것이 수포로 돌아갑니다."

"7일이라… 알겠습니다."

순간 금속 석상 같은 아이릭의 몸에서 몇 개의 와이어가 솟아 나왔다.

"결국 기사단을 동면에서 깨워야겠군요. 앞으로 하루가 지나면 작전이 가능할 겁니다."

"동면이라니… 겨울잠이라도 자는 겁니까?"

"기사단은 평시에 동면 상태로 봉인되어 있습니다. 그들의 힘은 제어에서 풀릴 경우, 오비탈 차원 전체에 큰 혼란을 가져다 줄 만큼의 위험성을 내포하고 있습니다."

아이릭은 와이어를 뻗어 벽에 붙어 있는 몇 개의 장치를 조작하기 시작했다. 레빈슨은 불안한 표정으로 그것을 바라보다, 이내 어깨를 으쓱이며 한 발 뒤로 물러났다.

"알겠습니다, 아이릭. 여기서는 당신을 믿도록 하겠습니다."

"저를 믿으십시오, 레빈슨. 여기는 오비탈입니다."

아이릭은 새로운 스크린에 준비 중인 몬스터들을 띄우며 말했다.

"만약 우리가 제약 없이 무기를 보낼 수 있었다면 지구 같은 건 이미 행성 단위로 생물이 존재할 수 없는 세계가 되었을 겁니다."

제약.

그것은 전이의 각인으로 보낼 수 있는 존재는 반드시 '생물'이어야 한다는 것이다.

제아무리 레빈슨이나 유메라처럼 레비의 총애를 받는 자들이라 해도, 생물이 아닌 것을 마음대로 전이시키는 것은 불가능했다.

레빈슨은 헛기침을 하며 말했다.

"하지만 생물의 몸에 붙어 있는 무생물이라면 가능합니다. 다음번에 지구인을 보낼 때는 로봇 병사들을 딸려 보내는 게 좋을 것 같습니다. 스물… 아니, 서른 기 정도라면 지구인의 몸에 밀착시켜서 함께 보낼 수 있을 겁니다."

"그것도 괜찮은 방법이군요."

아이릭은 석상의 목을 길게 빼며 고개를 끄덕였다. 레빈슨은 마지막으로 만났던 문주한의 모습을 떠올리며 치를 떨었다.

"아무튼 지구인을 멸종시키기 위해선 먼저 문주한을 제거해야 합니다. 말씀하신 기사단을 전부 동원해서라도 빠르게 끝내면 좋겠군요. 만약 그걸로 힘들다면 여기 있는 지구인을 전부 동원해서라도……."

"하, 하, 하, 하……."

그러자 아이릭이 웃었다.

비록 억양이 전혀 없는 기계적인 웃음이라 해도 레빈슨은 그가 희로애락을 표현하는 것을 처음 보았다.

"하, 하, 하… 방금 기사단 전부라고 하셨습니까? 매우 재밌는 농담이군요. 기사단은 한 명이면 충분합니다."

"한 명요?"

레빈슨은 숨을 죽이며 소리쳤다.

"방금 보시지 않았습니까? 문주한은 만 기의 로봇의 포위망을 뚫고 유유히 빠져나갔습니다!"

"그래도 상관없습니다. 하지만 너무 걱정하시는 것 같으니, 일단 두 명의 기사를 동면에서 풀도록 하겠습니다."

아이릭은 그렇게 말하며 추가적으로 기계를 조작했다. 레빈슨은 말도 안 된다는 표정으로 고개를 저으며 생각했다.

'대체 왜 이렇게 자신감이 넘치지? 설마 그 기사단이라는 게 전원이 소드 마스터급의 전사들만 모여 있는 집단이라도 되나?'

*　　　*　　　*

대체 얼마나 달렸을까?

가장 가까운 로봇과의 거리는 이미 50㎞ 이상 벌어졌다. 나는 그제야 달리기를 멈추며 거친 숨을 쉴 새 없이 몰아쉬었다.

일단 빠져나왔다.

어느 정도까지는 추격해 오던 로봇들도 모래 폭풍이 심해지자 방향을 잃고 주춤거리기 시작했다. 나는 맵온으로 로봇 군단의 움직임을 확인하며 주위를 살폈다.

'여전히 황무지군……'

아무리 달려도 풍경에 변화가 없다.

'오비탈 차원 전체가 이런 모습인가?'

내가 상상했던 것은 고도로 발달된 미래 도시였다. 하지만 현실은 레비그라스의 사막을 능가하는 황량한 자연뿐이었다.

'물론 로봇들이 있으니 어딘가에는 도시도 있을 거다. 그런데 하필 떨어진 곳이 이런 곳이라니… 레비가 일부러 최악의 장소를 정해 보낸 걸까?'

나는 천천히 걸음을 옮기며 상황을 체크했다.

당장 중요한 것은 오비탈 차원 자체의 정보였다.

[행성. 독립된 차원. 현재 다른 차원에 의해 느린 속도로 침식당하고 있음. 레비그라스: 7.21%, 지구: 0.01%, 보이디아: 41.07%]

순간 등줄기에 소름이 돋았다.

오비탈 차원은 이미 보이디아 차원에 엄청난 비율로 침식당했다.

그것은 레비그라스보다 훨씬 심각한 수치였다.

하지만 당장 내게 있어 중요한 문제는 아니다. 나는 소매로 입을 막고 심호흡을 하며 생각했다.

'당장 중요한 건 레비그라스 차원의 침식률이다. 어쨌든 여기도 마나는 존재하겠군. 오히려 지구보다도 침식률이 높으니까.'

어쨌든 희소식이었다.

오러가 회복하지 않는다면 적들의 파상공격에 결국 일주일을 버티지 못한 채 힘이 바닥날지도 모른다.

그렇다.

바로 일주일이다.

지금 당장 오비탈 차원에서 적들을 상대로 전쟁을 벌일 필요는 없다.

'어떻게든 전이의 각인을 다시 쓸 수 있게 일주일만 버티면 된다. 레비도 두 번 다시 간섭하지 않는다고 했으니… 이번에는 실패하지 않겠지.'

이제 와서 생각해 보면 결국 이 모든 것은 빛의 신인 레비의 사주를 받은 레빈슨의 계략이었다.

지구로 귀환자와 몬스터를 보내 날 유혹하고, 다시 레비그라스로 돌아오는 순간 레비의 간섭으로 오비탈 차원에 끌어들인 것이다.

'한 가지 의문이 있다면… 어째서 지구로 전이한 것 자체는 실패하지 않았냐는 거다. 레비가 관여할 수 있는 건 다른 차원에서 레비그라스로 돌아올 때뿐인가? 아니면 초보자의 경우 실패 확률이 50% 정도라서 둘 중에 한 번을 실패한 것뿐인가?'

진실은 레비만이 알고 있을 것이다. 나는 한숨을 내쉬며 시공간의 주머니에서 플라스틱 생수병을 꺼냈다.

물도, 식량도 충분하다.

K2에 오르기 전, 미군으로부터 약 200리터의 식수와 30끼의 전투식량을 보급받았다.

물론 그게 아니더라도 레비그라스에서 처음 지구로 돌아올 때 챙겨놓은 식량이 그대로 남아 있었다.

이런 풀 한 포기 없는 황무지라 해도 일주일 동안 버티는 건 일도 아니었다.

문제는 모래 폭풍이 심해지고 있다는 것.

그것도 평범한 모래 폭풍이 아니다. 모래가 입에 들어오지 않도록 얼굴을 싸매고 숨을 쉬는데도 점점 호흡이 힘들어졌다.

'여긴 공기 자체가 뭔가 이상하다. 호흡이 힘들고 가슴이 텁텁해지는 게… 무언가 다른 성분이 있는 것 같군.'

어쩌면 그것이 '스케라'일지도 모른다.

스케라도 마나처럼 대기 중에 존재하며, 그것을 체내로 받아들임으로써 새로운 힘을 쓸 수 있을지도 모른다.

그렇다고 이런 모래 폭풍 안에서 느긋하게 새로운 힘을 수련하고 싶진 않다. 나는 계속해서 전진하며 내가 알고 있는 모든 종족을 맵온에 검색해 보았다.

'레비그라스에 있는 몬스터나 이 종족은 하나도 없군. 물론 당연한 일이겠지만……'

하지만 적어도 인간은 있을 것이다. 레빈슨과 황태후를 비롯해, 그들이 끌고 온 지구인은 확실히 존재할 테니까.

나는 맵온에 인간을 검색했다.

그러자 지도 전체에 붉은 점이 깜빡였다.

"……!"

나는 경악하며 지도를 노려보았다.

엄청난 숫자의 인간이 존재했다.

심지어 내가 서 있는 바로 이 땅 위에도 가득했다.

'뭐지? 맵온이 고장 났나?'

나는 무심결에 하늘을 올려다보았다.

물론 이렇게 많은 인간이 하늘에 떠 있을 리는 없다.

그렇다면 답은 하나였다. 나는 덜 익은 쿠키 반죽 같은 지면을 노려보며 입술을 깨물었다.

땅속에 인간들이 살고 있었다.

91장
올더

[인간 — 314,290,098]

이것은 오비탈 차원 전체를 놓고 검색한 인간의 숫자다.

생각해 보면 당연한 일이다.

레비그라스인이 인간이듯 오비탈인도 인간이다. 맵온에 무수한 인간이 표시되는 건 지극히 자연스러웠다.

아무리 육체의 대부분이 기계라 할지라도.

문제는 행성 전체에 3억에 달하는 인간이 살고 있는 게 아니라, 바로 내 발 아래 수천 명의 인간이 살고 있다는 것.

'땅속에… 도시가 있나?'

기계화된 인간들이 모여 사는 지하의 도시.

나는 잠시 동안 그것을 상상하며 숨을 죽였다. 그것은 상상만으로도 숨 막힐 것 같은 디스토피아적인 세상이다.

그때 멀리 떨어진 언덕 위에 작은 빛이 반짝였다.

'적인가?'

하지만 맵온에는 아무것도 뜨지 않았다.

로봇도, 사이보그도.

그 와중에도 빛은 끊임없이 깜빡였다. 모래 폭풍이 이렇게 심한데도 또렷하게 보이는 게 신기할 지경이었다.

'혹시 모르니… 대비를 해야겠군.'

일단 꺼진 노바로스의 강화를 다시 발동시킨 다음, 나는 빛을 향해 천천히 걸음을 옮겼다.

그리고 잠시 후, 빛의 정체가 확인됐다.

누군가 땅속에서 손만 내민 채 손전등 같은 것을 깜빡이고 있었다.

'대체 뭐 하는 거지? 내게 신호를 보내는 건가?'

그렇게밖에는 생각할 수 없다.

나는 영문을 모른 채, 정체불명의 누군가로부터 20미터쯤 떨어진 곳에 멈춰 섰다.

'어떻게 하지? 일단 접근해서 정체를 확인할까? 아니면 함정일지 모르니 여기서 공격할까?'

쉽게 판단하기 힘든 문제다.

사이보그가 안 된 순수한 인간이니, 적이 아닐지도 모른다.

하지만 상대는 오비탈인이다. 확률로 치면 적일 가능성이 훨씬 높다.

어쨌든 정보가 너무 부족하다. 나는 손전등을 쥔 손을 노려보며 스캐닝을 발동했다.

이름: 유그라스 콴
레벨: 2
종족: 오비탈인

기본 능력
근력: 27
체력: 28
내구력: 14
정신력: 31
항마력: 0

특수 능력
오러: 0
마력: 0
신성: 0
저주: 19

스케라: 33
초능력: 염동력(하급)

'초능력?'

그것은 처음 보는 능력의 형태였다. 나는 즉시 새로 확인한 단어들에 의식을 집중했다.

[초능력 — 인간의 두뇌에 내재된 특수한 능력. 체내에 축적된 스케라를 에너지로 활용해 사용한다.]

[염동력(하급) — 염력으로 물체를 움직일 수 있는 초능력. 사용자의 숙련도와 보유한 스케라의 양에 따라 다양한 활용이 가능하다.]

'초능력은 스케라를 활용해서 쓰는 특수 능력인가?'

나는 곧바로 스케라라는 단어도 확인했다.

[스케라 — 오비탈 차원에 존재하는 힘의 근원]

설명은 그걸로 끝이었다.

아무래도 최상급 스캐닝이 제대로 설명할 수 있는 것은 레비그라스 차원에 한정적인 모양이다.

나는 한숨을 내쉬며 고개를 저었다.

어쨌든 상대가 위험한 존재가 아니라는 것만큼은 확실하다. 나는 일단 접촉해 보기로 결심하고 다시 걸음을 옮겼다.

그런데 그때.

"으악! 내가 못 살아!"

손전등이 쑥 들어가며 사람이 솟구쳐 올랐다.

"야, 너! 룩스 부호 몰라?"

그러고는 소리를 지르며 내 쪽으로 달려왔다.

"확인했으면 빨리빨리 와야 할 거 아냐! 죽고 싶어? 나도 스케라 폭풍 치는 날엔 밖에 나오고 싶지 않다고!"

상대는 두꺼운 천으로 몸을 두르고 정체불명의 광학 장비를 주렁주렁 매단 남자였다.

나이는 30살쯤 되었을까?

남자는 다짜고짜 내 팔을 움켜쥐며 끌었다.

"빨리 와! 모래 들어오기 전에 뚜껑 닫고 들어가야 하니까! 으악! 이건 뭐냐!"

남자는 호들갑을 떨며 화들짝 손을 뗐다. 나는 발동시킨 노바로스의 강화와 오러를 동시에 가라앉히며 말했다.

"죄송합니다. 이거 뜨거웠겠군요."

"뜨거운 정도가 아니야! 손이 타서 녹을 뻔했다고! 장갑을 끼고 있어서 망정이지!"

남자는 새까맣게 탄 장갑을 벗으며 바닥에 내던졌다. 그러다 다시 주변을 살피며 한숨과 함께 주워 들었다.

"안 되지, 안 돼. 괜히 쓰레기를 버렸다가 아이릭 놈들에게 걸리면 곤란해."

아이릭.

그것은 방금 나를 습격한 로봇들을 만들었다는 회사의 이름이다.

그것만으로도 여러 가지를 알 수 있었다. 나는 남자가 튀어나온 장소를 향해 걸음을 옮기며 말했다.

"자세한 건 안에 들어가서 하는 게 좋겠습니다. 지하에 벙커가 있는 건가요?"

"벙커? 넌 대체 무슨 헛소리를 하는 거냐?"

남자는 급하게 날 쫓아오며 말했다.

"너, 루나하이에서 도망쳐 온 올더(Older)야? 혹시 아이릭 쪽에서 도망쳤어? 그쪽은 올더 자체를 허용하지 않는다던데?"

최상급 언어의 각인이 있는데도 무슨 소리인지 쉽게 이해할 수 없었다.

나는 잠자코 고개를 저으며 말했다.

"저는 아이릭의 로봇 군단에 쫓기고 있습니다. 일단 몸을 숨길 장소를 제공해 주시면 감사하겠습니다."

"뭐? 아, 안 돼!"

남자는 순간 펄쩍 뛰며 거절했다. 나는 약간 속도를 높여 남자가 튀어나온 구멍 속으로 몸을 던졌다.

"뭐, 뭐야! 이 미친 속도는! 잠깐! 그만둬!"

남자는 뒤늦게 구멍 속으로 들어온 다음, 잽싸게 지면과 이어진 뚜껑을 닫았다.

"야! 멋대로 들어오면 어떻게 해! 너 대체 누구야! 로봇 군단에 쫓기고 있었다고? 그럼 12시간 전부터 감지된 대규모의 활동이 너 때문이란 거야?"

"…생각보다 넓군요."

나는 주변을 둘러보며 감탄했다.

입구 자체는 잠수함을 연상시킬 만큼 좁았다.

하지만 내부는 학교의 강당을 떠올릴 만큼 넓었다. 밀폐된 공간이었지만 사방에 전등이 달려 있어 전혀 어둡지 않았고, 에어컨이 작동되는 듯 쾌적하고 시원했다.

"야! 딴청 피우지 말고 제대로 대답해!"

남자는 씩씩대며 내 앞을 가로막았다.

"너 대체 누구야! 그러고 보니 그 옷도 수상해! 처음에는 루나하이에서 유행하는 새로운 패션이라고 생각했는데… 대체 정체가 뭐냐!"

"저는 레너드, 아니, 문주한이라고 합니다."

"뭐? 레너드? 문주한?"

"그냥 문주한입니다. 괜찮으면 당신의 이름을 알려주시겠습니까?"

이미 알고 있지만 일부러 물어봤다. 남자는 연극적인 동작과 함께 가슴에 손을 얹으며 함께 말했다.

"난 콴이다, 유그라스 콴. 자랑스러운 올더 랜드(Older—land)의 백인장이자 탈주한 올더들을 데려오는 수문장 역할을 하고 있지."

콴의 이 발언만으로도 나는 이곳의 목적과 외부 세력과의 관계를 어느 정도 파악할 수 있었다.

나는 고개를 끄덕이며 확인하듯 되물었다.

"그렇군요. 올더라는 단어는 아마도 늙어가는 인간… 사이보그가 되는 걸 거부한 인간이라는 용어입니까?"

"엥? 뭐?"

"그리고 이곳은 올더 랜드. 바로 올더들이 모여 만든 국가이겠군요."

콴은 무슨 새삼스러운 이야기를 하느냐는 표정이다. 나는 비행장의 격납고를 연상시키는 내부 공간을 살피며 나지막한 목소리로 말했다.

"결국 오비탈 차원은 인간을 반강제로 사이보그로 만드는 세력이 권력을 쥐고 있고, 그에 반대하는 인간들은 이렇게 황무지로 탈출해서 몰래 숨어 자신들의 세계를 구축한 겁니다. 천만다행이군요. 차원 전체를 적으로 돌리고 싸우지 않아도 돼서 말입니다."

"아니… 잠깐 기다려."

콴은 눈살을 찌푸리며 허리에 찬 총을 뽑아 들었다.

"당장 정체와 소속을 밝혀라. 안 그러면 에이지리스(Ageless)

의 스파이로 간주하고 사살하겠다."

"에이지리스? 그건 뭡니까?"

"시끄러워!"

콴은 총구를 내 가슴에 들이밀며 소리쳤다.

"당장 내 질문에 답해! 안 그러면 이 스케라 핸드 캐논을 날려 버리겠어!"

"스케라 핸드 캐논이라… 그러고 보니 총구가 상당히 넓군요. 권총처럼 보이지만 대포 같은 성능을 가지고 있는 겁니까?"

"……."

콴은 더 이상 말하지 않고 눈을 부릅떴다. 나는 한쪽 어깨를 으쓱이며 한 발 뒤로 물러났다.

"말씀드렸다시피 제 이름을 문주한입니다. 저는 지구인이며, 레비그라스 차원에 강제로 전이되어 2년간 갖은 고초를 겪었습니다. 다행히 일이 잘 풀려 다시 지구로 돌아왔지만 이번에는 전이의 능력을 주관하는 초월체의 농간으로 예기치 못하게 오비탈 차원으로 떨어져 버렸군요."

나는 가급적 짧게 자신을 소개했다.

하지만 콴은 전혀 이해하지 못한 얼굴이었다.

그는 한참 동안 '뭐?' 라는 말만 반복하다, 재빨리 소매에 달려 있는 단추 같은 기계를 누르며 말했다.

"본부, 본부, 여기는 19번 게이트를 맡고 있는 유그라스 콴 백인장입니다. 지금 당장 장로 중에 한 분을 이쪽으로 파견해

주십시오. 네, 지금 당장입니다. 아무래도 레벨 5의 상황이 발생한 것 같습니다. 네, 지금 당장요!"

*   *   *

내 예상은 대부분 맞았다.

올더 랜드.

이곳은 기계화 문명이 극에 달한 오비탈 차원에서도, 어떻게든 순수한 인간의 몸으로 살고 싶어 하는 자들이 모여 만들어진 국가다.

약 200여 년 전, 정부의 손길이 닿지 않는 크론톰 지역으로 도망친 인간들이 지하에 거주 구역을 만들고 숨어 들어간 것이 국가의 시작이라 한다.

내가 처음 전이된 장소가 바로 크론톰 지역이다. '스케라 폭풍'이라는 특수한 자연 현상 덕분에 이들은 정부의 감시나 공격을 피해 비교적 자유로운 삶을 영위할 수 있었다.

'처음에는 레비가 농간을 부려서 일부러 최악의 장소로 떨어뜨렸다고 생각했는데……'

하지만 실제로는 오비탈 정부의 집중 공세가 벌어질 수 없는 그나마 안전한 장소인 셈이었다.

오비탈 정부.

정확히는 국가가 아닌 세 개의 거대 기업이다.

아이릭.

루나하이.

펜블릭.

이렇게 세 개의 기업이 오비탈 행성 전체를 분할통치하며 국가의 역할을 대신하고 있다.

'막강한 힘을 가진 대기업이 지배하는 세상이라.'

나는 쓴웃음을 지으며 고개를 저었다.

내가 이 모든 것을 알게 된 것은 수문장인 콴이 통신으로 부른 '장로'와의 대화를 통해서였다.

"그러니 정말 위험한 건 아이릭이네. 그 회사는 인류 전체를 뇌와 뇌수만 남겨놓고 싶어 하지. 자네를 공격한 것도 아이릭사의 로봇 사단이니… 방금 말한 레빈슨이란 인간과 손을 잡은 것도 분명 그들일 거야."

장로는 직접 가져온 의자에 걸터앉고는 곧바로 친절하게 많은 것을 설명해 주었다.

그는 나이가 80살쯤 되어 보이는 얼굴에 주름이 가득한 노인이었다.

나는 고개를 끄덕이며 되물었다.

"그럼 다른 기업들은 강제로 인간을 사이보그화시키지 않는 겁니까?"

"그렇진 않아. 루나하이는 일단 20세가 되면 필수적으로 보조 신경계를 달아야 하네. 그리고 연령에 따라 천천히 몸 전

체를 기계로 바꿔 나가지. 그런 것에 질린 인간들이 여기로 도
망쳐 오는 거고."

장로는 텅 빈 왼팔의 소매를 펄럭이며 말했다.

"나도 루나하이 출신이네. 한쪽 팔을 기계로 교체하지 않
으면 공장에 취직을 할 수 없어서 억지로 사이보그가 되었지.
지금은 의수를 떼어놓았네만."

"불편해 보이는군요. 올더 랜드는 정책적으로 기계 몸을 달
고 다닐 수 없습니까?"

"아니, 상관없네. 다만 기업에서 제공하는 사이보그 팩이 아
니라 좀 더 오래된 의수나 의족을 사용하지."

장로는 허허 웃으며 고개를 저었다.

"거의 3백 년 이상 과거로 회귀한 셈이야. 하지만 우리가 보
유한 기술만으로도 먹고사는 데 아무런 문제가 없다네."

"그렇군요. 그런데……."

나는 잠시 고민하는 척하다 장로에게 물었다.

"장로님은 어째서 제게 이 모든 것을 알려주시는 겁니까?
절 어떻게 믿으실 수 있습니까?"

"간단한 일이지. 처음 만났을 때 우리가 손을 잡지 않았나?"

정확히는 악수를 나눴다. 장로는 익살스러운 표정으로 손
사래를 치며 말했다.

"에이, 그런 게 아니었어. 나는 단지 자네를 알고 싶었을 뿐
이네. 사이코메트리(Psychometry)를 통해서 말이지."

사이코메트리.

그것은 접촉한 물체에서 감각이나 기억을 읽어내는 초능력이다.

장로는 손가락으로 자신의 머리를 가리키며 말했다.

"그리고 한 번 사이코메트리를 한 대상에겐 마인드 리딩(Mind reading)도 쉽게 쓸 수 있네. 그렇게 자네의 경험과 기억과 생각을 읽고 믿을 만한 사람이라고 확신한 게지."

말한 그대로였다.

장로는 다양한 초능력을 쓸 수 있었고, 그것을 통해 내가 가진 많은 정보를 읽어냈다.

물론 나도 스캐닝을 통해 장로가 그런 능력을 쓸 수 있다는 걸 미리 알아냈다.

말하자면 지금 우리 둘은 일종의 짜고 치는 고스톱을 하고 있는 셈이다.

장로는 내 생각을 읽는다. 그리고 나는 장로가 내 생각을 읽고 있다는 사실을 알고 있다.

"그렇게 선명하게 읽는 건 아니야. 단편적인 단어나 감정, 정보 같은 것이 무작위로 들어오네. 다만 내가 이 능력을 사용한 지도 70년이 넘었거든. 이제는 마치 생각을 온전히 읽는 것처럼 능력을 발전시켰네."

장로는 껄껄 웃으며 고개를 저었다. 나는 함께 웃으며 고개를 끄덕였다.

"그렇군요. 그런데 장로님은 성함이 어떻게 되십니까?"

"왜 알고 있으면서 묻는 겐가?"

"일종의 예의라 할 수 있죠. 혹시 오비탈 차원에선 인사도 없이 서로의 이름을 막 불러도 상관없습니까?"

"그런……."

장로는 허를 찔린 듯 잠시 머뭇거렸다.

"그럴 리 있겠나? 내가 실례를 했군. 내 이름은 세군 레오카키라고 하네. 레오라고 불러도 좋고, 그냥 장로라고 불러도 상관없네."

"알겠습니다. 만나서 반갑습니다, 장로님."

"나도 만나서 영광이네, 문주한. 다른 차원에 관한 이야기는 젊을 때 풍문으로만 들었을 뿐인데 실제로 존재했군그래."

장로는 감탄한 듯 고개를 끄덕이다 물었다.

"그런데 나야말로 궁금하군. 자네는 대체 뭘 믿고 이 셸터 안으로 들어온 건가? 우리가 자네를 적대하며 공격할지도 모르지 않나? 혹은 3 대 기업에 밀고할지도 모르고?"

"제가 여러분들을 믿은 이유는."

나는 옆에 서 있는 장로의 경호원들을 둘러보며 솔직하게 말했다.

"일단 여러분들의 존재가 제게 위협이 되지 않기 때문입니다."

"뭐라고?"

"처음 만났던 콴 백인장이나 장로님, 그리고 옆에 있는 네

분의 경호원은 저를 기준으로 매우 약합니다."

순간 경호원들이 움찔하며 몸을 떨었다. 나는 경호원 중 한 명이 허리에 차고 있는 나이프를 바라보며 말했다.

"그 나이프, 뭔가 특별한 기술로 만들어진 겁니까?"

"뭐? 이건 그냥 칼이다."

"그럼 잠시만 빌려주시겠습니까?"

경호원은 장로를 보며 의중을 물었다. 장로는 나와 경호원을 번갈아 바라보더니 갑자기 껄껄대며 웃기 시작했다.

"정말로 그런 게 가능한 건가! 아니, 됐네. 내가 쓸 만한 걸 건네주지."

그러고는 품속에서 커다란 동전을 꺼내 내밀었다.

"자, 이건 우리 집에 대대로 전해오던 오래된 동전이네. 아직 화폐가 사라지기 전의 물건이니 300년도 더 된 거야. 이걸로 자네가 하려는 것을 해보겠나?"

"귀한 것 아닙니까?"

나는 동전을 받아 들며 물었다. 장로는 천천히 고개를 끄덕이며 말했다.

"물론 귀한 물건이네. 하지만 자네가 '접어'준다면 더 귀해지겠지."

"…알겠습니다."

나는 고개를 끄덕이며 동전을 반으로 접었다.

엄지와 검지로.

그러고 나서 양손으로 쥔 다음, 한 번 더 접었다.

"말도 안 돼!"

"이 무슨! 로봇, 아니, 사이보그인가?"

"스케라 맙소사!"

경호원들과 콴이 일제히 경악했다. 나는 두 번 접은 동전을 장로에게 돌려주며 말했다.

"저는 백 퍼센트 순수한 인간입니다. 제가 어째서 여러분들을 경계하지 않는지 이제 아시겠습니까?"

"그렇군. 자네는 우릴 믿은 게 아니라, 우릴 경계하지 않은 것뿐이었어."

장로는 동전을 품속에 집어넣으며 웃었다.

"그리고 생각을 좀 더 읽었네. 자넨 빠르게 올더 랜드의 성향과 우리 올더들의 처지를 파악해 냈군. 판단력이 대단해. 자네의 판단은 대부분 옳네. 하지만 틀린 것도 있어."

"뭐가 틀렸습니까?"

"우리라고 힘이 없는 건 아니야."

장로는 눈을 가늘게 뜨며 말했다.

"물론 3대 기업에 비하면 아무것도 아니지. 하지만 우리에겐 중요한 힘이 있고, 미래에 대한 비전도 있네. 가능하면 언젠가 자네와 그것을 공유하고 싶군."

하지만 지금은 안 된다는 말이다. 나는 고개를 끄덕이며 대답했다.

"알겠습니다. 그런데 괜찮으면 여기서 일주일만 신세를 질 수 있을까요?"

"몇 달이든 상관없네. 마음껏 편하게 지내게나."

장로는 양팔을 펼치며 말했다.

"올더 랜드는 사이보그화를 거부한 인간이라면 누구에게나 열려 있는 세상이네. 자네가 다른 세계의 인간이라 해도 말이야."

그런데 그때, 경호원 중 한 명이 소매의 단추를 누르며 말하기 시작했다.

"네. 레오카키 장로님은 이곳에 계십니다. 19번 게이트입니다. 수문장인 콴 백인장이 접촉한 외부인과… 네?"

순간 경호원의 표정이 일그러졌다. 경호원은 즉시 장로의 귓가에 입을 대며 소곤거리기 시작했다.

"…알겠네."

장로는 태연한 얼굴로 고개를 끄덕였다.

"문주한, 미안하지만 대화는 잠시 나중으로 미뤄야 할 것 같군. 일이 터져서 급하게 장로 회의가 열릴 모양이야."

"기사단이 뭡니까?"

내 귀에는 경호원이 속삭이던 소리가 또렷하게 들렸다. 장로는 혀를 차며 감탄했다.

"귀도 좋군. 그게 들렸나? 아무튼 안으로 들어가세. 자세한 건 나중에 다시 만나서 이야기해 주도록 하지."

장로는 설명을 미루며 의자에서 일어났다.

하지만 태연한 장로와는 달리, 주변에 있던 경호원이나 콴의 표정은 심각 그 자체였다.

'뭔가 문제가 터진 것 같군. 혹시 나 때문인가?'

당장은 아무것도 확인할 수 없었다. 장로와 경호원은 자신들이 들어왔던 붉은색 문으로 돌아갔고, 나는 콴을 따라 조금 떨어진 곳에 있는 검은 문으로 들어갔다.

*　　　　*　　　　*

내가 도착한 곳은 작은 교실만 한 크기의 방이었다.

"여긴 입국 심사소로 사용하는 스몰 룸이다."

콴 백인장은 의자에 걸터앉으며 내뱉듯 말했다. 나는 그와 마주 보는 의자에 앉으며 주위를 둘러보았다.

"처음 들어왔던 게이트에 비하면 작은 방이군요."

"작으니까 스몰 룸이지. 거긴 미들 룸이고. 아래로 내려가면 빅 룸도 있어."

올더 랜드는 그렇게 세 개의 공간이 서로 자잘하게 이어진 지하 세계였다.

빅 룸은 일반적으로 상점이나 공장이 모여 있는 거대한 공간.

미들 룸은 보통 거주 구역이 모여 있는 넓은 공간.

그리고 스몰 룸은 그 모든 것의 기초가 되는 거주 구역이다.

"규격이 정해진 것처럼 보이지만 사실 전부 제각각이야. 지금도 어딘가에서 새로운 룸들이 만들어지고 있지."

"공사할 때 나는 소음으로 3 대 기업에게 위치가 발각되진 않습니까?"

"그랬으면 벌써 망했어."

콴은 코웃음을 치며 말했다.

"스케라 폭풍이 대부분의 스케라 장비를 못 쓰게 만들거든. 근데 사실 그놈들도 대충 우리가 어디 있는지 알고 있을 거야."

"알고 있지만 내버려 두는 겁니까?"

"어느 정도는 그런 셈이지. 전원 좀 켜."

그러자 방의 한쪽 벽에 스크린이 켜지며 영상이 출력되기 시작했다.

"조용하면 삭막해서 켠 거야. 신경 쓸 필요 없어."

"이건… 올더 랜드의 홍보 영상이군요."

스크린에는 올더 랜드의 역사와 구조를 시작으로, 이곳에서 인간이 누릴 수 있는 자유와 직업에 대한 소개가 나오고 있었다.

"당신에겐 필요 없겠지. 일주일 후에 돌아간다며?"

"네. 언젠간 다시 돌아올지도 모르지만요. 그보다도 3 대 기업이 왜 이곳을 그냥 내버려 두고 있는 겁니까?"

"그놈들끼리 대립하고 있거든."

콴은 주먹을 맞부딪히며 말했다.

"특히 아이릭과 루나하이가 일촉즉발의 상황이야. 그리고 크론톰 지방은 스케라의 요충지라서, 함부로 진입했다가 전쟁이 날 수도 있어."

하지만 이미 1만 기가 넘는 로봇이 진입해 있었다. 나는 아이릭의 로봇들과 치른 전투를 떠올리며 생각했다.

'나 때문에 이미 전쟁의 빌미가 주어진 셈이군. 레오 장로가 급하게 불려간 것도 그 일 때문인가?'

나는 잠시 생각하다 물었다.

"아이릭과 루나하이의 가장 큰 차이는 뭡니까?"

"아이릭은 최대한 빠르게 기계가 되고 싶은 놈들. 루나하이는 천천히 기계가 되고 싶은 놈들."

콴의 설명은 간결하면서도 핵심적이었다. 나는 또 하나의 기업을 떠올리며 물었다.

"하나 더 있지 않습니까? 펜블릭?"

"펜블릭은 정보가 거의 없어. 그쪽에선 올더가 안 오거든."

"어째서입니까?"

"우리도 몰라. 올더를 허용한다는 이야기도 있고, 태어나자마자 완전 사이보그로 만들어 버린다는 이야기도 있고. 스파이가 없어서 정보를 얻어낼 수가 없어."

콴은 고개를 저으며 말했다.

"그보다도 당신 이야기를 좀 해봐. 아까 동전 구부린 거 진짜야? 어떻게 하면 인간이 그렇게 강해질 수 있어?"

나는 오러에 대한 것을 간략하게 설명했다. 백인장은 심각한 표정으로 한참 동안 고민하다 말했다.

"그러니까 당신은 혼자 힘으로 수천의 로봇 군단을 해치울 수 있다, 이거군. 그래도 만 기는 무리였지?"

"해봐야 알겠지만, 아마 가능할 겁니다."

"정말? 근데 왜 도망쳤어?"

"상황을 파악하기 위해서입니다. 지금은 안정됐지만, 저도 처음 오비탈에 떨어졌을 땐 꽤나 당황했습니다."

나는 솔직하게 대답하며 물었다.

"그런데 스케라는 대체 어떤 힘입니까? 처음에는 로봇 같은 기계의 동력이라고 생각했는데, 정작 인간도 다루는 것 같더군요."

"스케라를 한마디로 표현하긴 어렵지."

콴은 어깨를 으쓱였다.

"그래도 굳이 말하자면… 신이야."

"신요?"

"그래. 오비탈의 유일한 신. 사이보그도, 로봇도, 인간도 모두에게 은혜를 베푸는 실존하는 신이지."

그것은 내 예상을 뛰어넘는 관점이었다.

나는 자세를 고쳐 앉으며 말없이 자세한 설명을 요구했다.

"일단 기계의 입장에서 보면 동력원이 맞아. 고대에 쓰던 석탄이나 석유 같은 거지. 아, 지구에도 고대에는 그런 걸 사용했겠지?"

"지구는 지금도 그런 걸 사용합니다."

"정말인가? 하……."

콴은 혀를 내두르며 살짝 비웃었다.

"뭐, 그렇군. 아무튼 기계를 움직이는 무한 동력이지. 스케라는 행성 자체에서 끊임없이 생성되어 분출되거든."

"생성지는 어디입니까?"

"바로 여기."

백인장은 손가락으로 바닥을 가리키며 말했다.

"크론톰 지역의 중심부에 거대한 구덩이가 있어. 행성의 맨틀까지 뚫려 있다고 하는데, 거기서 엄청난 농도의 스케라가 끊임없이 분출되고 있지."

"그렇다면 이곳은 일종의 성지군요."

"성지라… 뭐, 그런 셈이지."

콴은 고개를 끄덕였다.

"하지만 스케라는 기계보다 인간에게 먼저 영향을 끼쳤어. 대량의 스케라를 체내에 축적한 인간에게 특별한 변화가 일어나거든."

"초능력 같은?"

"그래. 초능력 같은 거 말이지."

그러고는 방의 한쪽 구석에 있는 테이블을 향해 손을 뻗었다.

우웅…….

동시에 테이블 위에 놓여 있던 금속 병이 가볍게 울리며 스스로 이쪽으로 날아왔다.

콴은 병을 움켜쥐며 웃었다.

"이게 초능력이야. 염동력이지. 스케라를 약간 소모해서 쓰는 건데 큰 도움은 안 돼. 난 스케라가 별로거든."

"하지만 스케라가 강하면 위력적이겠군요."

"물론 위력적이지, 비샤 님처럼."

"비샤? 그건 누굽니까?"

"올더 랜드의 희망."

콴은 거기까지만 말하고는 화제를 돌렸다.

"어쨌든 그래. 나도 그쪽을 판 전문가는 아니라서 학문적인 레벨까진 몰라. 아무튼 스케라는 매우 고맙고 소중한 힘이지. 하지만 부작용도 있어. 인간의 몸에 너무 과다하게 쌓이면 정신이상이 발생해."

"어떤 정신이상 말입니까?"

나는 레비그라스에서 과도한 저주 스텟이 정신 오염을 일으킨다는 것을 떠올렸다. 콴은 입술을 삐죽 내밀며 말했다.

"남한테 폐를 끼치는 건 아냐. 그냥 자살해. 아까 말한 구덩이 있지?"

"스케라가 뿜어져 나온다는?"

"응. 무작정 거기로 가서 뛰어내리려고 해. 주변에서 어떻게든 말려서 막아야 하지. 약물을 사용하거나."

다행히 약으로 해결되는 문제인 듯하다. 콴은 방 안을 둘러보며 한숨을 내쉬었다.

"우리 올더가 이런 땅속에서 먹고사는 것도 다 스케라 때문이지. 자원과 연료를 걱정할 필요가 없으니까. 그러니 약간의 부작용은 감수하는 수밖에. 에이지리스(Ageless) 놈들처럼 완전 맛이 가는 건 아니니까."

"에이지리스가 뭡니까?"

"올더의 반대. 기계화된 인간."

"사이보그 말입니까?"

"사이보그라… 지구는 그렇게 부르나 보군. 그게 어떤 의미인지 이해는 가는데… 우린 에이지리스라고 불러. 말 그대로 늙지 않는 자들이라는 뜻이지. 하지만 사이보그라는 단어도 괜찮군. 새로운 느낌이야."

아무리 언어의 각인이라 해도 서로 다른 개념을 한 번에 이해시킬 수는 없는 모양이다. 나는 고개를 끄덕이며 다시 물었다.

"그렇다면 스케라는 사이보그에게도 악영향을 끼칩니까?"

"끼쳐. 스케라 농도가 너무 높으면 작동 불능이 되지. 사이보그뿐만 아니라 모든 기계가 마찬가지야."

그렇다면 일종의 전자기 펄스 같은 효과일까?

"스케라 폭풍이 좋은 예지. 그 어떤 로봇이나 사이보그도 스케라 폭풍 안에서는 제대로 움직일 수 없어. 멀리서 정확히 조준하고 미사일을 날려도, 일단 크론톰 지역에 들어오면 방향을 잃고 추락하거나 폭발해."

콴은 붐! 하고 소리치며 폭발하는 듯한 제스처를 취했다.

"그래서 우리도 밖에 나갈 때는 가급적 스케라를 안 쓰거나 적게 쓰는 옛날 기계를 사용하지. 예를 들어 이런 거 말이야."

"이게 뭡니까?"

콴이 건네준 것은 쌍안경처럼 생긴 물건이었다. 콴은 직접 작동해서 내 눈을 가리키며 말했다.

"생체와 기계를 구분하는 투시경이야. 이걸로 상대가 로봇이나 사이보그인지를 구분해. 내가 뭣도 모르고 널 여기로 들어오라고 신호를 보냈겠어?"

직접 사용해 보니 콴의 체내에 있는 근육이나 혈관이 적나라하게 보였다. 나는 쓴웃음을 지으며 투시경을 돌려주었다.

"엄청난 기술이군요. 지구에서는 이런 건 아직 꿈도 못 꿀 겁니다."

"헹, 이것도 3대 기업에 비하면 수백 년 뒤쳐진 거야. 그놈들은 이런 걸 초소형으로 만들어서 로봇의 눈에 끼워 넣으니까. 그리고 됐으니까 하나 가져."

콴은 투시경을 돌려받지 않았다. 나는 사양하지 않고 품속에 집어넣었다.

"감사합니다. 아, 그리고 가능하면 아이릭과 루나하이의 전력에 대해서 알려주실 수 없습니까?"

"전력?"

콴은 눈을 깜빡거리며 되물었다.

"그건 왜?"

"아마도 싸워야 할 테니까요. 지금 당장은 아니라도."

"…아서. 맨손으로 동전 구부린다고 세상을 바꿀 수 있을 것 같나?"

"그건 두고 봐야죠."

나는 웃으며 말했다.

"몇 시간 전에는 만2천 기의 로봇을 상대했습니다. 아이릭에는 그런 로봇이 몇 기나 있는 건가요? 군대는 전부 로봇입니까? 지휘하거나 통제하는 사이보그는? 그리고 강력한 사이보그라든가, 더 강력한 로봇은 얼마나 있습니까? 제가 상대한 건 C형 양산 로봇이었습니다만……."

"나도 몰라."

콴은 한숨을 내쉬며 고개를 저었다.

"아이릭의 전력이 어느 정도인지, 루나하이의 전력이 어느 정도인지 정확히 아는 사람은 아무도 없어. 그리고 로봇의 숫자? 그런 건 실시간으로 마구 찍어내니 의미가 없어. 1만 기를 파괴해도, 금방 다시 공장에서 복구해 낼 테니까."

"그렇군요."

나는 납득하며 고개를 끄덕였다.

"결국 3대 기업을 무너뜨리려면 생산 공장부터 파괴해야 한다는 말씀이군요. 과연… 확실히 도움이 됐습니다."

"널 돕기 위해 한 말은 아닌데… 쳇, 뭐 아무려면 어때."

콴은 뒷목에 깍지를 끼며 기지개를 켰다.

"뭐, 알아서 하셔. 비샤 님도 못하는 걸 네가 어떻게 하려고 해? 그저 올더 랜드에 피해만 주지 말라고."

이번에도 비샤 님이다.

'대체 뭐 하는 인간이지? 올더 랜드의 지도자인가? 장로들의 위에 있는?'

하지만 곧바로 질문하는 걸 거부하는 분위기였다. 나는 일단 우회로를 선택하며 질문했다.

"그런데 콴, 스케라는 어떻게 체내에 축적합니까?"

"웅? 당연히 이걸로."

콴은 손가락으로 자신의 머리를 두드렸다.

"두뇌 말입니까?"

"생각 말이야. 생각, 관념, 상상. 스케라라는 힘이 자신의 몸에 축적된다는 이미징 작업을 반복하면 점점 늘어나."

"그렇군요. 오러의 수련과 꽤 비슷한 것 같습니다."

"오러도 그런 식으로 키우는 건가?"

"네. 그리고 오러는 쌓이면 쌓일수록 레벨이 오르며 신체 능력이 높아지죠. 스케라도 마찬가지입니까?"

"레벨이라, 뭐 그런 셈이지."

콴은 고개를 끄덕였다.

"진짜 오래 스케라를 수련한 수행자들은 신체 능력도 상당

하더라고. 빠르고 강해. 물론 손가락으로 동전을 구부리는 건 못 봤지만… 상관없지. 염력으로 구부릴 수 있으니까."

'스케라를 통한 레벨 업으론 기본 스텟이 많이 오르지 않는 모양이군.'

나는 그렇게 판단하며 물었다.

"하지만 나중엔 그렇게 될 수도 있겠죠. 예를 들어 방금 이야기하신 비샤 님이라던가? 그분은 엄청난 스케라를 보유한 초능력자겠죠?"

"음……."

넘겨짚었지만 정답인 모양이다. 콴은 잠시 고민하다 고개를 끄덕이며 털어놓았다.

"맞아. 비샤 님은 그쪽의 대가지. 함부로 말하면 안 되지만… 어쨌든 강력한 분이야. 네가 아무리 강해도 그분에게는 상대도 안 돼. 왜냐하면……."

그때, 방문이 열리며 한 무리의 사람이 들어왔다.

그들은 레오 장로를 포함한 네 명의 노인과 그들을 수행하는 20여 명의 경호원이었다.

"기다리게 해서 미안하네, 문주한."

레오는 대단히 어두운 얼굴로 말문을 열었다.

"그리고 더욱 미안한 말이지만, 지금 바로 이 올더 랜드를 나가주길 바라네."

"네?"

나는 자리에서 일어나 장로를 마주 보았다.

"정말 미안하네. 하지만 장로단의 회의에서 결론이 나왔다. 자네를 더 이상 올더 랜드에 둘 수 없어. 가급적 최대한 빠르게 나가줬으면 하네."

"어째서입니까? 일단 이유를 알려주십시오."

나는 장로와 함께 서 있는 다른 노인들을 둘러보았다.

아무래도 그들 모두가 올더 랜드의 장로인 모양이다. 레오는 다른 장로들과 시선을 교환하며 고개를 끄덕였다.

"알겠네. 방금 전에 아이릭에 있는 우리 스파이가 정보를 보내줬네. 들통날 염려가 있어서 어지간해선 이런 식으로 급하게 정보를 보내지 않네만…… 아이릭이 기사단을 깨웠네."

동시에 옆에 서 있던 콴이 한숨을 내쉬며 고개를 저었다. 나는 눈살을 찌푸리며 되물었다.

"기사단이 뭡니까? 아이릭의 강력한 로봇입니까?"

"그게 아니야. 기사단은… 구시대의 유물이네."

레오는 한숨을 내쉬며 말했다.

"지금은 존재하지 않는 오비탈 제국의 최종 병기지. 아이릭은 아무래도 자네를 행성 단위의 재앙으로 판단한 모양이네."

나는 잠시 침묵하다 말했다.

"그게 얼마나 강한 존재인진 모르지만, 분명 제가 상대할 수 있을 겁니다."

"그렇지 않아."

레오는 즉시 고개를 저었다.

"그럴 리가 없어. 자네가 얼마나 강력한지는 사이코메트리로 대강 확인했네. 하지만 기사단의 상대는 안 돼. 그들은 걸어 다니는 자연재해야. 인간이 무슨 수로 자연의 재앙에 대적할 수 있겠나?"

*　　　*　　　*

지금으로부터 약 350년 전까지 이 세상은 오비탈 제국이라는 단일 체제를 유지하고 있었다.

하지만 350년 전의 오비탈 역시 현재의 지구를 뛰어넘는 과학과 문명을 향유하던 세계였다.

그런데도 하나의 강압적인 제국에 의해 지배당한 것은 제국이 사상 초유의 막강한 병기를 보유하고 있었기 때문이다.

기사단.

별다른 추가적인 호칭 없이 그냥 기사단이라 불렸다.

기사단은 과학기술과 스케라가 극한으로 조합된 힘의 결정체였다. 제국은 새로운 기사 한 명을 만들기 위해, 100만 명에 달하는 실험체를 크론톰에 있는 스케라 구덩이에 집어넣었다.

그러면 평균적으로 한 명이 살아남는다.

그게 바로 기사였다.

기사는 단 한 명으로 행성 전체를 뒤흔들 만큼의 힘을 가지고 있었다.

문제는 제국이 그런 기사를 무려 12명이나 만들어냈다는 것이다.

자신들이 컨트롤할 수 있는 것보다 더 강한 힘은 결국 스스로를 파멸로 이끌었다.

3 대 기업에 포섭당한 몇 명의 기사가 반란을 일으켰고, 결국 오비탈 전체는 끔찍한 내전으로 치달았다.

"그렇게 해서… 결국 제국은 무너졌네."

레오 장로는 괴로운 표정으로 말을 이었다.

"다행히 3 대 기업은 기사들을 컨트롤할 수 있는 기술을 개발했어. 어떤 기사들은 자신들이 가진 힘을 지긋지긋하게 여기기도 했지. 덕분에 몇 번의 시행착오를 거쳐… 살아남은 모든 기사는 3 대 기업에게 분산되어 냉동 수면 상태로 봉인되었네."

"그렇군요."

나는 머리 위에 보이는 뚜껑을 보며 고개를 끄덕였다.

내가 서 있는 곳은 처음 올더 랜드로 들어온 19번 게이트였다.

게이트에는 다채로운 무기로 중무장한 백여 명의 군인이 가득 차 있었다. 나는 긴장한 표정의 군인들을 둘러보며 한쪽 어깨를 으쓱였다.

"저 때문에 비상이 걸린 모양이군요. 여러 가지로 심려를 끼친 것 같아 죄송합니다."

"사과는 우리가 해야지. 정말 미안하네."

장로는 머리가 땅에 닿을 정도로 몸을 숙이며 사죄했다.

"기사단을 깨웠다는 건 끝장을 보겠다는 증거네. 다른 그 어떤 존재도 스케라 폭풍 속에서 힘을 못 쓰지만… 기사는 달라. 그들은 크론톰 지역 전체를 뒤져서라도 자네를 찾아낼 걸세."

"그런데 제가 여기 있으면 올더 랜드가 위험해지겠군요."

나는 쓴웃음을 지으며 고개를 끄덕였다.

"알겠습니다. 나가 드리죠. 하지만 그전에 몇 가지 정보를 알려주셨으면 합니다."

"뭐든지 물어보게. 바로 대답하겠네."

"아이릭이 깨웠다는 기사단은 모두 몇 명입니까?"

"그건 모르네."

장로는 식은땀을 흘리며 고개를 저었다.

"우리 쪽으로 들어온 정보는 그저 아이릭의 대표인 '기가스 아이릭'이 기사단의 봉인을 해제했다는 것뿐이야."

"아이릭이 보유한 기사단은 총 몇 명입니까?"

"네 명. 3대 기업 중에 가장 많이 보유하고 있지."

"네 명이라… 그렇군요."

나는 고개를 끄덕이며 생각했다.

'대충 분위기나 설명을 보면 기사 한 명이 소드 마스터급의 힘을 가지고 있는 것 같다. 일대일이라면 내가 충분히 이기겠지. 하지만 4대 1이라면…….'

분명 끔찍하게 힘든 싸움이 될 것이다. 나는 스캐닝으로 스스로의 상태를 다시 체크하며 물었다.

　"그런데 깨운 기사단의 목표가 저라는 건 어떻게 확신하십니까?"

　"달리 뭐가 있겠나? 아이릭은 지난 100년간 크론톰에 간섭하지 않았네. 그런데 며칠 사이에 2개 사단 병력을 이곳에 보냈고, 지금은 기사단을 봉인에서 풀어버렸어. 그리고……."

　그때 뒤쪽에서 경호원 한 명이 장로의 귀에 대고 뭔가를 속삭였다. 장로는 한층 더 무거워진 얼굴로 고개를 저으며 말했다.

　"이런, 아이릭 본사에서 수송선 한 대가 출발했다고 하는군."

　"이쪽으로 말입니까?"

　"그래. 정보는 한 시간 전의 일이니… 곧 크론톰 지역에 도착하겠지."

　장로를 포함한 모두의 얼굴이 흙빛이 되었다. 나는 시간이 없다는 것을 느끼며 곧바로 질문했다.

　"기사단은 높은 스케라 폭풍에 전혀 영향을 안 받습니까?"

　"받기는 받겠지. 하지만 기록에 따르면 그들이 체내에 보유한 스케라의 양이 워낙 높아서… 이미 반쯤 실성한 상태라고 하네."

　"실성이라……."

　나는 콴에게 들었던 이야기를 떠올리며 물었다.

　"자살 말입니까? 스케라 구덩이에 몸을 던진다고 하는?"

"그렇지. 하지만 그들의 기계화된 육체가 자동적으로 약물을 공급해서 상태를 중화시키네."

"그럼 플러스마이너스, 제로가 아닌가요?"

"하지만 역사는 그들의 광기를 기록하고 있어. 자세한 건 우리도 모르네."

장로는 다급한 표정으로 고개를 저으며 말했다.

"그럼 부탁하네. 그만 나가주게나. 더 이상 버티면 우리도 무력을 쓸 수밖에 없어."

"여기에 있는……."

백 명의 병사가 1만 기가 넘는 로봇 군단보다 더 강한 화력을 갖추고 있습니까?

나는 그렇게 말하려다 입을 다물었다.

대신 부드럽게 웃으며 화제를 바꿨다.

"아니, 아닙니다. 곧 나가도록 하죠. 마지막으로 한 가지만 약속해 주시겠습니까?"

"약속?"

"제가 만약 그 기사단을 물리치면 다시 저를 올더 랜드에 받아주시겠습니까? 처음에 말씀드렸듯이 일주일 동안 머무를 장소가 필요합니다."

92장

기사단

그사이, 밖은 모래 폭풍이 더 심해져 있었다.

나는 맵온을 열고 사이보그를 검색했다. 곧바로 동쪽으로부터 빠르게 접근하는 두 개의 은색 점이 보였다.

'정확히 내 쪽으로 오는 건 아니군.'

모래 폭풍, 즉 스케라 폭풍이 강하면 모든 레이더와 광학 장비의 성능이 악화된다.

그래도 근처로 오긴 오는 걸 보면 어떻게든 날 찾아낼 방법이 있는 것 같다.

나는 일단 달렸다. 괜히 여기서 싸웠다가 올더 랜드에 피해가 생기면 곤란하다.

앞으로 일주일간 지내야 할 곳이니까.

가볍게 5분쯤 달리자 맵온에 인간이 표시되지 않는 곳에 도착했다. 여기라면 마음껏 싸워도 지하의 올더들에게 피해가 가지 않을 것이다.

모래 폭풍은 여전했지만.

재밌는 건 내가 움직이기 시작하자 다른 방향으로 가던 사이보그들이 내 쪽으로 방향을 틀었다는 것이다.

'움직임을 감지하는 장비가 있는 것 같군. 차라리 잘됐다.'

나는 걸음을 멈추고 적들의 도착을 기다렸다. 그리고 잠시 후, 거친 모래 폭풍 너머로 거대한 쇳덩어리가 모습을 드러냈다.

수송선.

외관은 말 그대로 컨테이너 박스다.

하늘을 날아다니는 컨테이너 박스가 백 미터쯤 떨어진 곳에 수직으로 낙하하며 착륙했다.

끼기기기기기기긱…….

이윽고 시끄러운 쇳소리와 함께 해치가 열렸다.

그리고 두 남자가 밖으로 걸어 나왔다.

"이 망할 스케라 폭풍!"

한 명은 덩치가 작은 소년이었고, 또 한 명은 거구의 중년 남자였다.

"이 동네는 올 때마다 지긋지긋하다니까? 어떻게 몇백 년 만에 와도 항상 이 지경이지?"

소년이 넌더리를 내며 소리쳤다. 목소리가 어찌나 큰지 여기서도 다 들릴 지경이다.

그러자 옆에 있던 남자가 기계음으로 대답했다.

"스케라 구덩이 때문이다. 크론톰 지역은 스케라 구덩이에서 분출되는 고농도의 스케라 영향권에 들어 있어서……."

"아아, 됐어. 그런 쓸데없는 이야기는 나도 안다고."

소년은 고개를 저으며 내 쪽으로 걸음을 옮겼다.

"됐으니까 빨리 처리하고 돌아가자. 이런 곳에 오래 있으면 또 미쳐 버릴지도 몰라. 지금은 약발이 들어 망정이지, 이것도 안 들으면 정말 구덩이로 달려가서 뛰어내릴지도 모른다고?"

그리고 칼을 뽑아 들었다.

광선검.

새파란 빛이 번뜩이는 초과학 차원의 병기.

그와 동시에 그 칼이 내 눈 앞에 육박했다.

'뭐?'

파지지지지지직!

나는 반사적으로 칼을 뽑아 막아냈다.

'방금 그건 뭐지?'

소년은 약 80미터의 거리를 찰나에 좁히며 검을 날렸다.

"이거 봐라?"

소년은 맞댄 검에 힘을 주며 미소를 지었다.

"대단한데? 이걸 막았어?"

빠르다.

엑페에 필적하는, 어쩌면 좀 더 빠른 속도다.

문제는 사전 동작이다.

지면을 박차고 뛰어오른다든가, 혹은 전력 질주로 빠르게 달린다든가 하는 육체적인 움직임이 전혀 없었다.

'그냥 천천히 걷다가 갑자기 눈앞으로 날아왔다. 대체 뭐지?'

소년은 순간 눈살을 찌푸렸다.

"쳇, 오랜만에 움직였더니 부스터가 맛이 갔나? 컨트롤이 빡빡하네."

'부스터?'

"아무튼 좋아. 이걸 막아냈으니 인사 정도는 해도 되겠네."

소년은 잽싸게 뒤로 물러나며 말했다.

"난 드가. 오비탈 제국의 제국 기사단 넘버 8이다. 그리고 이쪽은 넘버 5고."

"에피키언스다."

어느새 소년의 뒤로 다가온 거구의 남자가 자신의 이름을 소개했다.

나는 대답 대신 소년의 몸을 스캐닝했다.

이름: 드가

레벨: 24

종족: 오비탈인, 사이보그

기본 능력

근력: 827(827)

체력: 1,123(1,298)

내구력: 772(783)

정신력: 13(15)

항마력: 0(0)

특수 능력

오러: 0

마력: 0

신성: 0

저주: 127(127)

스케라: 929(1,129)

초능력: 염동력(최상급), 투시(중급), 사이코메트리(하급)

고유 스킬: 일제분출(최상급), 출력강화(상급), 스케라 빔(상급)

나는 침을 삼켰다.

'뭐지? 이 말도 안 되는 스텟은?'

마법이나 오러에 의한 특별한 강화 없이도 기본 스텟의 수치가 미쳐 돌아간다.

'내가 오러와 노바로스의 강화를 동시에 발동시킨 것과 큰

차이가 없다. 체력 같은 건 오히려 높고……'

내가 소드 마스터 이상이라면 이 녀석도 소드 마스터 이상이다.

"그리고 넌 문주한이지? 아이릭이 널 잡으라고 우릴 깨웠어."

소년은 마치 심부름이라도 부탁받은 듯 가볍게 말했다.

솔직히 버겁다.

한 녀석이라면 어떻게든 제거할 수 있다. 하지만 두 녀석이 동시에 덤비면 위험하다.

"왜 그래? 혹시 너 문주한 아니야? 맞는 거 같은데?"

"맞다."

나는 짧게 대답했다. 그리고 내가 쓸 수 있는 모든 기술과 앞으로 벌어질 전투의 양상을 빠르게 시뮬레이션했다.

소년은 어깨를 으쓱이며 말했다.

"뭐, 좋아. 아무튼 깜짝 놀랐네. 기사단을 동시에 두 명이나 깨워서 말이야. 어디 식민 행성에 반란이라도 일어났나 했어. 하지만 나름 깨울 만했네. 내 공격을 막은 걸 보면."

"오비탈은 식민 행성이 따로 있나?"

"있지. 아, 에피키언스! 넌 저기 뒤로 물러나 있어!"

드가는 덩치 큰 남자를 향해 손바닥을 펴덕였다.

"이 녀석은 나 혼자 잡을 거야! 넌 방해 말고 뒤에서 지켜보기나 해!"

"알았다."

남자는 순순히 대답하며 뒤로 물러났다. 나는 압박이 확 줄어드는 것을 느끼며 속으로 한숨을 돌렸다.

"너 혼자 싸울 생각인가?"

"뭐? 당연하지!"

드가는 손목을 털며 소리쳤다.

"제국 기사가 일반인을 상대로 협공을 할 수 있겠어? 스케라 맙소사. 물론 그런 일은 없겠지만, 내가 죽으면 죽었지 그런 짓은 못 해."

"한 가지만 물어보자."

나는 드가의 신체를 자세히 살피며 물었다.

"넌 사이보그인가?"

"무슨 헛소리야? 당연히 사이보그지. 평범한 인간이 뭘 할 수 있겠어?"

"하지만 겉으로 보면 그냥 인간처럼 보인다. 인간처럼 보이게끔 도장을 칠한 건가?"

"하! 처음엔 다른 차원의 인간이라고 해서 무슨 헛소리인가 했더니……."

드가는 코웃음을 치며 고개를 저었다.

"제국 기사라고 했는데도 못 알아듣는 거 보니 진짜인가 보네. 내 몸은 완전 사이보그야. 뇌와 뇌수만 빼고 전부. 인조 피부가 그럴듯해 보여?"

"그래. 확실히 인간처럼 보인다."

나는 고개를 끄덕이며 말했다.

"하지만 저 에피키언스라는 남자는 척 봐도 사이보그처럼 보이는군."

외관만 봐도 금속 재질과 곳곳에 튀어나온 와이어가 보인다. 드가는 한쪽 어깨를 으쓱였다.

"취향이지, 뭐. 그래도 겉모습으로 판단하지 마. 나이는 내가 더 많으니까."

"괜찮으면 하나 더 물어봐도 될까?"

에피키언스가 아직 가까웠다. 나는 그가 좀 더 멀어질 때까지 시간을 끌고 싶었다.

드가는 초롱초롱한 눈을 반짝이며 웃었다.

"마음대로 해. 어차피 곧 죽을 테니까. 유언이라고 생각할게. 근데 나도 좀 궁금한데. 지금 우리가 말이 통한다는 거 말이야. 이거 무슨 특이한 텔레파시 같은 건가?"

어쩌면 그럴지도 모른다.

각인 능력이란 초월체라는 매개체를 활용한 특별한 초능력일지도 모른다.

나는 고개를 끄덕이며 말했다.

"너희가 어떤 존재인지는 대충 알고 있다."

"그래? 정말?"

드가는 눈을 크게 뜨며 되물었다.

"어떻게 알아? 다른 차원에도 초능력이 있나? 혹시 사이코메트리를 쓸 수 있어? 방금 칼을 나눴을 때 읽은 거야?"

나는 무시하고 질문했다.

"…내가 궁금한 건 어째서 너희 기사단은 3 대 기업에게 충성하느냐는 거다."

"뭐?"

드가는 말도 안 된다는 표정으로 눈살을 찌푸렸다.

"누가 누구한테 충성한다고? 그건 또 무슨 헛소리야?"

"너는 아이릭사의 명령을 받고, 날 죽이러 여기까지 온 것 아닌가?"

"하… 얘가 진짜 아무것도 모르네."

드가는 손사래를 치며 고개를 저었다.

"충성은 얼어 죽을. 우린 그냥 어쩔 수 없이 협력하는 관계야. 아이릭이 우리를 봉인해 주니까, 우리도 가끔 깨어나서 그 녀석의 부탁을 들어주는 거지."

'봉인을 당한 게 아니라, 당하게 해준 거라고?'

그 둘 사이엔 엄청난 차이가 있다.

"아무튼 기분 상했어. 제국 기사를 노예 취급 하다니. 이건 비싸게 먹힐 거야."

드가는 툴툴거리며 싸울 자세를 잡았다.

그 순간, 실시간을 띄워놓고 있던 드가의 스탯창에 약간의 변화가 생겼다.

정신력: 12(15)

'뭐지?'

정신력이 1이 떨어졌다.

다른 모든 스텟은 그대로였다. 나는 녀석과 나눈 짧은 대화를 통해 이것이 의미하는 것을 빠르게 판단했다.

그리고 확신했다.

'이겼다.'

난 이 녀석의 약점을 알아냈다.

"곱게 안 죽일 테니 두고 봐. 목만 잘라서 가지고 돌아갈 거야. 생명 유지 장치에 집어넣고 한참 동안 괴롭혀 줄 테니 각오하라고."

소년의 얼굴에 잔인한 미소가 번졌다. 나는 피식 웃으며 고개를 저었다.

"허세를 떠는군. 그런 식으로 말하지 않으면 불안한가?"

"누가!"

순간 드가의 검이 내 머리를 향해 내리꽂혔다.

엄청난 속도.

그리고 엄청난 기세다. 나는 반 박자 빠르게 뒤로 몸을 날리며 그것을 피했다.

"허세를!"

드가는 허공을 가른 검을 따라 몸 전체를 쳇바퀴처럼 회전시켰다.

부우웅!

암만 봐도 무리한 동작이다. 하지만 말도 안 되는 기동력이 그것을 가능하게 만들었다.

"떤다고!"

그리고 돌아가는 기계 톱날처럼 무수한 공격이 수직으로 떨어지고, 떨어지고, 또 떨어졌다.

"그래!"

나는 그 모든 공격을 피하며 뒤쪽으로 물러났다. 적은 순식간에 쳇바퀴 공격으로 십수 번의 공격을 퍼부은 다음, 역동적으로 움직임을 멈추며 지면에 버티고 섰다.

"맘 바뀌었어! 그 잘난 주둥이를 반으로 쪼개주마!"

그리고 사선으로 검을 내리 그었다.

나는 기다렸다는 듯이 공격을 맞받아쳤다.

파지지지지지지지직!

순간 광선검과 오러 소드가 강렬한 불꽃을 사방으로 쏟아냈다.

'힘은 저쪽이 약간 위다.'

적의 힘은 스텟으로 표시되는 수치 이상이다.

왜냐하면 내가 약간 밀렸으니까.

하지만 불리할 정도는 아니다. 나는 일부러 검을 맞댄 채 군이 한마디를 내뱉었다.

"넌 스스로 강하다고 생각하겠지."

"무슨 헛소리야!"

순간 적의 몸 전체가 내 쪽으로 밀려들었다.

"지금 제국 기사를 무시하는 거야? 난 혼자서 식민 위성 하나를 박살 낸 적도 있다고!"

서로의 몸이 밀착한 덕분에 나는 적의 등 뒤로 강렬한 기류가 뿜어져 나오는 걸 확인했다.

'등 쪽에 부스터가 있군. 엄청난 출력이다.'

"이 자식! 무시하지 마!"

드가는 바락 소리치며 내 몸을 튕겨냈다. 동시에 밀려나는 날 향해 수평으로 검을 휘둘렀다.

'팔꿈치와 손목에도 작은 부스터가 있다.'

나는 눈으로 그것을 확인했다.

부드럽게 보이는 피부 곳곳에 순간적으로 열리고 닫히는 작은 배기구가 뚫려 있었다.

덕분에 휘두른 칼날에 가속도가 붙는다.

칼끝의 속도는 이미 음속을 돌파했고, 한 번 휘두를 때마다 충격파가 발생하며 사방에 찢어지는 듯한 소음이 퍼진다.

콰과과과과과과과광!

온 사방에 모래와 흙먼지가 흩날리고, 몰아치는 스케라의 폭풍은 한층 더 기세를 높인다.

하지만 나는 그것을 피할 수 있었다.

적의 움직임은 기계적인 출력이 더해졌다. 반대로 말하자면 출력의 방향과 엇나가는 기교는 결코 부릴 수 없다는 것이다.

나는 그것을 예측하고 쏟아지는 거친 공격들을 전부 피해 냈다.

"크악!"

드가는 순간 검을 멈추며 소리쳤다.

"뭐야, 너! 어떻게 이걸 다 피해! 그리고 왜 끄떡도 안 해!"

모순적인 이야기다.

하지만 합당한 의문이다. 칼은 피해도, 칼날이 만들어낸 충격파까지 피할 수는 없으니까.

물론 그 정도 충격은 발동시킨 오러의 선에서 해결되었다. 하지만 상대에겐 오러에 대한 정보가 전혀 없다.

바로 그 정보의 차이가 지금부터 만들어갈 내 승리의 원동력이었다.

"꼴좋군. 나 같은 건 진심으로 싸우면 순식간에 죽일 수 있을 거라고 생각했겠지?"

나는 다시 한 번 적의 속을 긁었다.

"너, 너……."

소년의 얼굴은 피가 통하지 않는 듯 창백했다.

하지만 표정은 더없이 기괴하게 일그러져 있었다. 나는 일부러 나른한 표정을 지으며 말했다.

"어때, 정말 그런가? 싸워본 소감은? 내가 약해 보이나? 그리고 넌 지금 진심이 아닌가?"

"난 진심이 아니야!"

순간, 소년이 폭발하며 왼손을 내밀었다.

동시에 손바닥의 중심부에 구멍이 열렸다.

뭔가 저 구멍에서 날아올 것이다.

'피할 수 있을까?'

어쩌면.

하지만 내가 선택한 것은 회피가 아닌 방어였다.

'노바로스의 방벽!'

반투명한 붉은빛의 배리어가 내 주위를 감싼 순간, 적의 손바닥으로부터 폭음이 터졌다.

하지만 공격은 소리보다 더 빨랐다.

콰과과과과과과과과광!

이미 폭발에 휘말린 나는 순식간에 백여 미터를 튕겨 날아갔다.

엄청난 위력이다.

노바로스의 방벽은 불과 3초를 버티지 못한 채 소멸됐고, 적의 화력은 여전히 그곳에 남아 내 몸을 짓이기는 듯 작열했다.

'정확히 뭘 어떻게 쏜 거지?'

알 수 없다. 나는 곧바로 새로운 노바로스의 방벽을 발동했고, 그 안쪽으로 이차 충격을 막기 위해 오러 실드를 전개했다.

그렇게 튕겨 날아간 내가 땅에 처박힌 순간. 한층 더 강렬한 충격이 내 몸을 휘감았다.

콰과과과과과과과과과과광!

한 발 더 쐈다.

그 때문에 내 몸은 사선으로 지면을 뚫으며 땅속으로 파고들었다. 그리고 모든 충격이 사라졌을 때, 나는 땅속으로 30미터쯤 파묻힌 상태였다.

충격이 꽤 된다.

노바로스의 방벽을 총 세 번 사용했고, 오러의 소모도 적지 않은 것 같다. 하지만 나는 최대한 태연한 모습으로 지면을 향해 뛰어올랐다.

"그그그그그그극……."

드가는 기괴한 기계음을 내며 몸을 떨고 있었다.

여전히 앞으로 내민 손바닥에서 새하얀 연기가 솟아올랐다. 나는 적을 향해 느긋한 걸음을 옮기며 말했다.

"별것 아니군. 방금 이게 결전 병기였나?"

"어, 어떻게……."

드가는 목소리를 떨며 한 발 뒤로 물러났다. 나는 녀석을 스캐닝하며 미소를 지었다.

스케라: 517(1,129)

보유한 스케라의 수치가 확 떨어졌다.

하지만 그보다 중요한 건 녀석의 정신력이었다.

정신력: 7(15)

처음부터 정신력의 최대치가 15밖에 안 됐다.

평범한 인간이라면 그 정도 정신력으로 문제없이 평생을 살 수 있으리라.

하지만 별의 운명을 좌우할 수 있는 거대한 힘을 가진 존재에게 어울리는 스텟이 아니다.

한마디로 멘탈이 약하다.

'지금까지는 그 정도 멘탈로도 충분했겠지. 세상의 모든 것이 자신보다 약했을 테니까.'

저토록 강력한 하드웨어를 가지고 있으면서도, 실제로 그것을 다루는 소프트웨어는 얄팍하기 그지없다.

차라리 로봇이었다면 상관없을 것이다.

하지만 저 사이보그 육체 안에 들어 있는 것은 분명 말랑거리는 인간의 두뇌다.

고통이나 고난을 겪은 적도 없고.

자신보다 강한 적을 상대로 필사적으로 싸운 적도 없으며.

멸망하는 세상을 지켜보며, 자신의 무력함에 치를 떨며 울부짖은 적도 없는 연약한 인간의 두뇌.

'그따위 건 내가 혓바닥으로도 무너뜨릴 수 있다.'

나는 눈을 가늘게 뜨며 말했다.

"안됐군. 나야말로 지금까지는 진심이 아니었다."

"뭐? 뭐라고?"

"대체 기사단이 어떤 놈들인지 확인해 보고 싶었다. 그래서 적당히 상대해 봤지."

"적당히? 날 상대로?"

"생각보단 별로더군. 넌 자신보다 강한 존재를 몰라."

나는 일부러 과시하듯, 전에 획득한 광선검을 시공간의 주머니에서 꺼냈다.

"고작 이런 것에 의존하고 있지."

"어? 어째서 네가 그걸……."

"이런 건 아무것도 아니다. 너도 아무것도 아니지."

나는 광선검을 아무렇지도 않게 바닥에 던지며 말했다.

"앞으로 1분 주겠다. 그러니 뭔가 남아 있다면 지금부터 전력을 다해라."

"1분이라니……."

드가는 부들거리며 몸을 떨었다.

"그… 1분이 지나면?"

"그땐 널 죽이도록 하지."

나는 여유 있게 손가락을 까딱거렸다. 동시에 드가의 눈 속에서 뭔가가 무너지는 것이 보였다.

＊　　　＊　　　＊

그것은 용기였다.

＊　　　＊　　　＊

"우아아아아아아아악!"

드가는 소리를 지르며 돌진해 왔다. 나는 적의 공격을 적극적으로 막으며 끈질기게 소리쳤다.

"뭐냐, 이 공격은! 변화가 없어! 입력된 프로그램대로 움직이는 거냐?"

"웃기는군! 너 로봇이냐?"

"슬슬 약발이 떨어지나?"

"너는 약물이 없으면 살아갈 수 없는 약쟁이일 뿐이야!"

약에 관한 이야기는 처음 나눴던 대화로 대충 넘겨짚은 허세였다.

하지만 바로 그것이 치명타였다.

"으……."

의지를 잃은 채, 그저 악과 깡으로 공격을 퍼붓던 소년은 갑자기 비틀거리며 공세를 중단했다.

나는 비열하게 웃으며 물었다.

"왜 그러지? 혹시 약이 다 떨어졌나?"

"시끄러워!"

전투 도중임에도 불구하고, 드가는 양손으로 귀를 막으며 소리쳤다.

"그만해! 약은 몸속에서 정기적으로 공급되고 있어! 떨어질 일이 없다고!"

이미 심리적으로 바닥까지 무너졌다.

나는 녀석의 정신력이 4까지 떨어진 걸 확인하며 계속 압박했다.

"그래. 언제나 일정하게 공급되겠지. 하지만 그걸로 충분할까?"

"뭐? 뭐라고?"

"중독자는 항상 더 많은 약을 필요로 하지. 너도 마찬가지야. 지금까지는 그 정도로 충분했지만, 이미 그걸로 부족하게 된 거다. 지금 당장에라도 프로그램을 변경해서 투약량을 높이는 게 좋지 않을까?"

정확히 무슨 약을 어떤 방식으로 투약하는지는 전혀 모른다.

하지만 대충 넘겨짚은 것만으로도 충분했다. 드가는 혼란스러운 얼굴로 몸을 떨며 뒷걸음쳤다.

"그… 그래. 이건 약이 부족해서 그런 거야. 으… 으으……"

그 순간, 소년은 무릎을 꿇으며 그 자리에서 무너졌다.

"헤……"

동시에 얼굴에 행복한 미소가 번졌다. 나는 그것만으로도 드가의 상태를 정확히 파악할 수 있었다.

'스케라의 과잉 축적은 자살로 연결된다. 일종의 심각한 우울증을 유발하는 거겠지.'

결국, 투약받는 약의 정체는 항우울제다.

문제는 드가의 몸에 남아 있는 신체가 두뇌뿐이라는 것.

'분명 투약량은 신중하게 맞춰져 있었을 거다. 조금만 분량에 변화가 생겨도 즉각 이상이 생기겠지.'

그것이 바로 지금 드가의 상태였다. 소년은 무릎을 꿇은 채 바보처럼 웃으며 날 올려다보았다.

"혜… 혜혜… 이제… 이제 무섭지 않아…….."

나는 드가에게 다가가며 말했다.

"1분 지났다."

그러자 웃고 있던 소년의 얼굴이 순식간에 일그러졌다.

"히… 히익……. 사, 살려줘…….."

지금 이 순간에도 드가가 보유한 기본 스텟은 나와 육탄전을 벌이기에 조금도 부족함이 없는 상태다.

하지만 정신이 완전히 무너졌다. 나는 끝까지 신중하게 접근하며 녀석에게 물었다.

"마지막으로 하나만 묻지."

"그, 그만……."

"네 두뇌는 인간처럼 머릿속에 있나?"

"뭐? 그야 당연히…….."

대답이 끝나기 전에 나는 적의 목덜미를 향해 전력으로 칼을 휘둘렀다.

콰직!

단단하다.

비록 베어 날아갔지만, 칼끝에 남은 저항감은 지금껏 한 번도 경험한 적 없는 강도였다.

그런데 그 순간, 목이 없는 소년이 공격하기 시작했다.

촤악!

기계적으로 휘두른 칼날이 내 가슴팍을 아슬아슬하게 스쳤다.

그것은 예기치 못한 반격이었다. 나는 반사적으로 몸을 빼며 적을 주시했다.

'머리가 날아갔는데도 움직인다고?'

그러자 멀리 날아간 드가의 머리가 소리쳤다.

"죽어! 죽으라고!"

드가의 육체는 여전히 머리에서 오는 신호를 수신하는 듯했다.

나는 식은땀을 흘리며 생각했다.

'이건 전혀 예상 못 했다. 어떻게든 손실을 최소화해야 다음 녀석을 상대할 수 있을 텐데······.'

머리를 잃은 드가는 예의 기계적이며 투박한 동작으로 공격을 퍼부었다.

그런데 속도가 예전만 못했다.

'원인은 부스터인가?'

등이나 어깨, 팔꿈치나 손목에 달린 구멍에서 더 이상 부스터가 출력되지 않는다.

'어째서?'

차이점은 머리가 없다는 것.

그렇다면 머리통 속에 뭔가 중요한 것이 들어 있다는 거다. 나는 잠시 녀석을 상대하다, 급히 몸을 틀어 머리통이 날아간 곳을 몸을 날렸다.

'이걸 박살 내면!'

하지만 순간적으로 다른 아이디어가 떠올랐다. 나는 드가의 머리통을 낚아챈 다음, 재빨리 품속에 있는 시공간의 주머니에 집어넣었다.

동시에 추격해 오던 드가의 몸뚱이가 정지했다.

끼기기긱…….

더 이상 머리로부터 신호를 수신하지 못하는 것 같다. 나는 가볍게 한숨을 돌리며 생각했다.

'사이보그가 된 슌의 머리도 주머니 속에 들어갔지. 드가의 머리도 쓸데가 있을지 몰라.'

그리고 스케라 역시 머릿속에 들어 있을 것이다.

기사단은 강력한 사이보그 육체에 강력한 스케라를 보유한 생체 병기다.

군이 그 몸에 생체가 필요한 이유는 결국 축적된 스케라의 저장고가 생체이기 때문이다.

즉, 두뇌다.

'스케라가 축적되는 곳은 두뇌였군. 그래서 목이 달아나자 기계 육체에서 스케라를 활용한 기술을 쓸 수 없던 거다.'

나는 멀찌감치 서 있는 거구의 남자를 바라보며 소리쳤다.

"다음은 네 녀석인가? 이제 노는 건 질렸다. 모래 폭풍이 귀찮으니 빨리 끝내도록 하지."

물론 허세였다.

드가를 해치우기 위해 나는 보유한 오러와 마력의 40% 정도를 소모했다.

비록 절반 이상이 남아 있다 해도 그걸로 상대를 완벽하게 제압하리란 보장은 없다.

'이번에도 최대한 정신적인 압박을 줘서 자멸하게 만든다. 전투가 극한으로 치달으면 곤란해. 가진 자원을 전부 소모하면 이겨도 뒤가 문제다.'

맵온의 검색에 따르면 기사단이 타고 온 수송선 안에는 아직 스무 기의 로봇이 타고 있었다.

최악의 경우엔 그 로봇들에게 목숨을 잃을지도 모른다. 나는 뻔뻔한 표정을 지으며 남자를 향해 걸음을 옮겼다.

정신력: 13(18)

적은 이미 동요하고 있었다.

드가에 비하면 정신력의 최대치가 약간 높았다. 하지만 그 역시 빠른 속도로 멘탈이 흔들리는 중이었다.

"멈춰라."

거구의 사이보그 기사, 에피키언스는 양손을 앞으로 내밀며 말했다.

"네가 강하다는 걸 인정한다, 문주한."

"아, 그래?"

나는 심드렁한 태도로 걸음을 멈추며 말했다.

"그래서 항복이라도 할 생각인가? 무릎 꿇고 사죄하면 이제 와서 용서해 줄 것 같아?"

"그런 짓은 안 한다. 넌 강하다. 기사단이 외부인에게 패배한 것은 처음이다. 나는 솔직하게 내가 두려움을 느끼고 있다는 걸 시인한다."

'이건 또 뜻밖의 반응이군.'

나는 녀석의 정신력이 더 떨어질 것을 기대하며 계속 말을 하게 내버려 뒀다.

"그리고 너는 핵심을 꿰고 있다. 기사단의 약점을. 대량의 스케라를 보유한 자들이 무엇을 가장 두려워하는지 알고, 그 허점을 노려 스스로 자멸시켰다."

"머리가 좋군. 그래서 넌 자멸하지 않기 위해 뭘 할 거지?

이제 와서 약을 끊고 새 사람이 될 건가?"

"전투가 길어지면 나도 드가처럼 되겠지. 그러니 나는 내가 가진 모든 것을 사용하겠다."

"뭐?"

"이걸 막으면 네가 이겼다."

그와 동시에 앞으로 내민 에피키언스의 양 손바닥에 구멍이 열렸다.

*　　　　*　　　　*

정신을 차렸을 때, 나는 땅속에 처박혀 있었다.

처음에는 에피키언스의 공격 때문이라고 생각했다.

하지만 강렬한 기시감이 현실을 일깨워 줬다. 지금 나는 드가의 공격에 의해 만들어진 거대한 크레이터 속에 파묻힌 상태다.

즉, 죽어서 5분 전의 과거로 왔다.

하지만 뭔가가 달랐다.

어째서 죽었는지는 둘째 치고, 일단 시간대가 안 맞는다.

'드가의 공격을 일부러 허용한 건… 길어야 3분 전일 텐데?'

그리고 눈앞에 떠 있는 붉은 숫자도 충격적이었다.

3.

4가 아니라 3이다.

한 번 죽었는데, 남은 목숨이 두 개가 깎여 나갔다.

나는 반사적으로 몸을 일으킨 다음, 거대한 크레이터 밖으로 몸을 날렸다.

드가를 상대하는 것은 전과 똑같이 하면 그만이었다.

하지만 그 와중에 현재 상황에 대한 파악과 대책까지 마련해야 했다. 그 때문에 정신적으로는 좀 더 까다로웠다.

'내가 죽은 건… 에피키언스가 양손의 구멍에서 뿜어낸 공격 때문이다.'

비슷한 공격을 미리 드가가 했기 때문에 나는 크게 개의치 않고 똑같은 방식으로 방어했다.

하지만 먹히지 않았다.

에피키언스의 공격은 드가와 비교할 수 없을 정도로 강력했다.

나는 두 사이보그의 초능력과 고유 스킬을 실시간으로 비교했다.

초능력: 염동력(최상급), 투시(중급), 사이코메트리(하급)
고유 스킬: 일제분출(최상급), 출력강화(상급), 스케라 빔(상급)

이것이 드가의 스킬이고.

초능력: 염동력(중급), 투시(중급), 포사이트(하급)

고유 스킬: 일제분출(중급), 출력강화(중급), 스케라 빔(최상급)

이것이 에피키언스의 스킬이다. 나는 드가에게 없거나, 에피키언스가 더 강한 것들을 따로 스캐닝했다.

[포사이트(하급) — 가까운 미래를 예측한다]
[스케라 빔(최상급) — 보유한 스케라를 물리적인 힘으로 변환해서 분출한다. 최상급의 경우, 스케라의 총량의 90%를 변환시킬 수 있다.]

'날 죽인 건 스케라 빔이군.'
너무 순식간에 벌어진 일이라, 정확히 어떻게 죽었는지조차 기억나지 않는다.
확실한 건 적이 보유한 스케라의 90%를 일제히 분출하면 제아무리 소드 마스터에 정령왕의 힘을 가진 나라도 즉사를 면치 못한다는 것.
'그리고 미래 예측이라니… 레빈슨도 5분 후의 미래를 볼 수 있었지.'
하지만 바꿀 수 없는 미래는 아니다.
오히려 미래에 벌어질 일을 보고, 그것을 바꾸기 위해 전력을 다할 계기를 만들어준다.
그것은 대단히 까다로운 능력이었다.

에피키언스는 분명 자신이 패배하는 미래를 예측한 것이다.

그리고 그것을 바꾸기 위해 시작부터 최대 출력의 스케라빔에 모든 것을 걸었으리라.

그리고 나는 드가의 목을 날리기도 전에 이 모든 걸 파악하고, 그에 대한 대비책까지 마련했다.

문제는 그걸로 끝이 아니었다.

'난 분명히 한 번 죽었다. 그런데 왜 남은 목숨이 세 개로 되어 있지?'

다시 봐도 눈앞의 숫자는 3이었다.

거기에 사망 직후 회귀한 시간대도 이상했다.

물론 예전에도 100퍼센트 정확히 5분 전으로 돌아간 건 아니다. 정확히 시간을 잴 수는 없었지만, 최소 몇 초에서 수십 초 이상의 차이가 생기곤 했다.

하지만 그것을 감안해도 이번엔 확실히 짧다.

'원인을 모르겠군. 혹시 여기가 레비그라스가 아니기 때문인가?'

초월체들의 고향인 레비그라스가 아니기 때문에 그들이 직접 내린 초월 능력인 '시공간의 축복'에 제약이 생겼을지도 모른다.

'어쨌든 더 이상 죽음을 낭비하는 건 위험하다. 한 번 더 죽으면 남은 목숨이 하나뿐이 안 남을 테니까.'

어쩌면 하나도 남지 않을지도 모른다.

이미 특수한 상황이 발생했기 때문에 앞으로 더 특수한 상황이 발생하지 않는다고 장담할 수 없다.

그 순간, 나는 드가의 목을 날렸다.

콰직!

동시에 날아가는 목을 빠르게 낚아챈 다음, 곧바로 시공간의 주머니 속에 집어넣었다.

기이이이이잉…….

드가의 남은 몸체는 잠시 비틀거리다 정지했다.

덕분에 5분 전과 비교해서 약간의 오러를 낭비하지 않을 수 있었다.

'정확히는 3분 전이지만… 어쨌든 여기서부터 집중해야 한다.'

나는 멀찌감치 서 있는 거구의 남자를 바라보며 소리쳤다.

"다음은 네 녀석인가? 이제 노는 건 질렸다. 모래 폭풍이 귀찮으니 빨리 끝내도록 하지."

일단은 전번과 똑같이 허세를 떨었다.

정신력: 12(18)

에피키언스의 정신력은 전생의 같은 타이밍에 비해 1이 더 줄어든 상태였다.

아무래도 드가를 더 깔끔하게 마무리 진 것이 충격인 모양이다. 거구의 사이보그는 즉시 양손을 앞으로 내밀며 말했다.

"멈춰라."

여기서부터 선택의 기로였다.

지금부터 녀석이 할 공격을 미리 밝혀서 심리적으로 충격을 주고 새로운 상황을 만들 것인가?

아니면 모른 척 기다렸다가 공격이 나오는 순간에 회피나 방어에 전념할 것인가?

내 선택은 후자였다.

에피키언스는 감정이 느껴지지 않는 기계음으로 말했다.

"네가 강하다는 걸 인정한다, 문주한."

"아, 그래? 그래서 항복이라도 할 생각인가? 무릎 꿇고 사죄하면 이제 와서 용서해 줄 것 같아?"

"그런 짓은 안 한다. 넌 강하다. 기사단이 외부인에게 패배한 것은 처음이다. 나는 솔직하게 내가 두려움을 느끼고 있다는 걸 시인한다."

'이제 곧 공격이 시작된다.'

나는 태연하게 긴장했다.

그러자 전생에서는 보이지 않던 것을 발견할 수 있었다. 에피키언스는 내민 양손의 위치를 미세하게 바꾸며 위치를 조정하고 있었다.

바로 내게 가장 강력한 화력이 집중되도록…….

"그리고 너는 핵심을 꿰고 있다. 기사단의 약점을. 대량의 스케라를 보유한 자들이 무엇을 가장 두려워하는지 알고, 그

허점을 노려 스스로 자멸시켰다."

"머리가 좋군. 그래서 넌 자멸하지 않기 위해 뭘 할 거지?
이제 와서 약을 끊고 새 사람이 될 건가? 그러면 날 죽일 수
있을 것 같아?"

"전투가 길어지면 나도 드가처럼 되겠지. 그러니 나는 내가
가진 모든 것을 사용하겠다."

동시에 미세하게 움직이던 적의 양손이 멈췄다.

"이걸 막으면 네가 이겼다."

그와 동시에 나는 전력을 다해 지면을 박차며 공중으로 뛰
어올랐다.

*   *   *

그것은 지금껏 내가 본 것 중에 가장 압도적이며 집중된 화
력이었다.

우우우우우우우우우우우우웅!

은색에 가까운 반투명한 기체.

그것이 내가 서 있던 공간을 관통했다.

관통한 길이는 약 1㎞ 정도.

일순간 지름이 20미터에 길이가 1㎞쯤 되는 긴 원통형의 공
간이 소멸했다.

말 그대로 소멸이었다.

물론 난 그곳에 없었다. 하지만 그 공간에 존재하던 모든 기체와 모래 폭풍이 일순간 사라졌다.

푸화아아아아아아아악!

일순간 진공에 가까웠던 공간에 엄청난 기세로 폭풍이 몰아쳤다. 나는 등줄기에 식은땀이 흐르는 것을 느끼며 다시 지상에 착지했다.

'드가가 쐈던 스케라 빔과는 성질 자체가 완전히 다르군.'

드가의 공격은 일종의 폭발하는 파괴 광선이었다.

하지만 에피키언스가 쏜 것은 파괴가 아니라 소멸을 일으켰다. 나는 폭풍이 휘몰아치는 공간에 우뚝 선 채, 처음 자세 그대로 서 있는 적을 노려보았다.

스케라: 97(1,219)

남은 스케라 보유량이 10퍼센트 미만으로 떨어졌다.

"엄청난 위력이군."

나는 솔직한 감상을 털어놓았다. 에피키언스는 그대로 한쪽 무릎을 꿇으며 중얼거렸다.

"이건 회피가 불가능하다. 어떻게 이걸 피할 수 있지? 어떻게……."

물론 보고 피한 건 아니다.

그저 쏘기 전에 미리 공중으로 뛰어올랐을 뿐이다. 만약 타이밍이 약간이라도 늦었다면 이번에도 3분쯤 전의 과거로 돌아가 새로운 작전을 모색했을지도 모른다.

하지만 나는 뻔뻔하게 웃으며 말했다.

"내가 불가능한 일을 해낸 건가? 그냥 네가 그렇게 믿고 있었을 뿐 아닌가?"

"나는… 나는……."

"왜 그러지? 방금 전에 호기롭게 말했잖아? 이걸 막으면 내가 이겼다고?"

나는 적의 앞에 우뚝 선 채 칼을 치켜들었다.

"맞아. 네가 이겼어."

그리고 적의 정수리를 향해 수직으로 칼을 내리 그었다.

기사단의 샘플은 하나로 충분했다.

*　　　*　　　*

"신호가 끊겼습니다."

아이릭이 모니터를 보며 말했다.

"드가와 에피키언스의 신호가 동시에 끊겼습니다. 이건 현지에 역사상 가장 강력한 스케라 폭풍이 몰아치고 있거나……."

아이릭은 차마 뒷말을 잇지 못했다. 레빈슨은 입고 있는 우주복의 내부 온도를 능숙하게 조절하며 대신 말했다.

"아니면 기사단이 졌다는 거겠죠."

"……."

"그러니 제가 말하지 않았습니까? 가능한 모든 전력을 한 번에 보내라고 말입니다. 문주한은 절대 가볍게 볼 수 있는 상대가 아닙니다."

"기사단은."

아이릭은 육중한 석상 같은 몸을 회전하며 레빈슨을 주시했다.

"한 기로 행성 전체를 제압할 수 있는 병기입니다."

"행성도 행성 나름이겠죠. 이 정도면 문주한은 말할 것도 없고, 그가 없는 레비그라스조차도 제압할 수 없을 겁니다. 어쩌면 지구도 불가능하겠군요."

레빈슨은 최대한 신랄하게 말하려고 노력했다. 그래야 저 벽창호가 자기 뜻을 굽히고 모든 힘을 쏟아낼 테니까.

"거구가 기사단 넘버 5고, 꼬마가 넘버 8이라고 했지요? 기사단이 12명이라니 다른 열 명을 동시에 보내십시오. 그래야 문주한을 잡을 수 있을 겁니다."

"기사단은 아홉 기입니다."

"그런가요? 나머지 세 명은 어떻게 되었습니까?"

"세 기는 과거 제국 전쟁에서 사망했습니다. 그리고 남은 아홉 기도 아이릭사가 전부 보유한 게 아닙니다. 세 기는 루나하이가, 두 기는 펜블릭이 나눠서 봉인하고 있습니다."

아이릭의 기계음에서 미세한 흔들림이 느껴졌다. 레빈슨은 이 석상 같은 존재가 동요하고 있다는 것을 확신했다.

"시간이 없습니다. 다른 기업과 연합해서라도 남은 기사를 전부 투입하는 게 좋을 겁니다."

"그건 그렇게 쉬운 일이 아닙니다."

아이릭은 반투명한 눈을 감으며 말했다.

"세 기업의 세력 균형은 보유한 기사단의 숫자와 일맥상통합니다. 저의 아이릭사는 가장 강했습니다. 하지만 이젠 가장 약해졌군요."

"그런……."

"설마 기사단이 패할 거라곤 상상도 못 했습니다. 확실히 제 불찰이군요. 물론 당신의 말처럼 다른 기업과 연합하는 한이 있더라도 문주한을 제거해야겠지만……."

아이릭은 잠시 침묵하다 말을 이었다.

"그 전에 유산을 사용해야 할 것 같습니다."

"유산? 어떤 유산 말입니까?"

"제국의 유산입니다."

아이릭은 스크린에 거대한 구덩이를 띄우며 말했다.

"이것은 오비탈 제국의 조병창입니다. 바로 여기서 제국의 12기사가 만들어졌죠."

"네? 기사가 인위적으로 만들어낼 수 있는 겁니까?"

"물론 희생이 필요합니다. 백만의 인간을 희생하면 기사가 될 수 있는 한 명의 적합한 존재를 추려낼 수 있습니다."

"그러면 지금부터 이곳에 있는 인간들을 희생하실 겁니까? 죽은 기사를 대체하려면 200만 명… 아니, 하는 김에 천만 명 정도를 희생하는 게 좋겠군요."

레빈슨은 아무렇지도 않게 엄청난 숫자를 내뱉었다. 아이릭은 그런 레빈슨을 향해 경멸의 눈빛을 보냈다.

"당신도 대단한 인간이군요, 레빈슨. 천만 명이라. 같은 차원의 인간이 아니라고 그렇게 맘대로 말할 수 있는 겁니까?"

"기분 나쁘셨다면 사과드립니다."

레빈슨은 즉시 허리를 숙이며 말했다.

"하지만 희생이란 언제나 필요한 겁니다. 특히 신의 섭리를 세상에 펼칠 때는 말이죠."

"저는 당신의 신을 믿지 않습니다. 오비탈의 섭리는 오직 과학과 스케라뿐입니다."

"물론입니다. 하지만 오비탈 여러분들께도 직면한 문제가 있지 않습니까? 보이디아 차원의 위협이 점점 더 강해지고 있을 텐데요?"

레빈슨은 노골적으로 지적했다. 아이릭은 눈을 가늘게 뜨며 침묵했다.

잠시 후, 아이릭은 스크린에 뭔가를 조작하며 말했다.

"500만 명을 '투자'하겠습니다."

"투자라… 확실히 그렇게 말하니 어감이 좋군요."

"그러니 당신도 다섯 명을 투자하십시오."

스크린에는 사이보그화가 완료된 다섯 명의 지구인이 출력되었다.

"지구인은 스케라에 대해 높은 적응도를 보입니다. 그중에서도 이 다섯 명이 최고입니다. 오비탈인 500만 명에, 추가로 지구인 다섯 명을 스케라의 구덩이에 투입하겠습니다."

"좋습니다."

레빈슨은 1초의 고민도 없이 바로 대답했다.

"오히려 저야말로 그렇게 해달라고 부탁드리고 싶군요. 왜 지금까지 이런 게 있다는 이야기를 하지 않으신 겁니까? 이럴 줄 알았으면 먼저 지구로 보낸 슈지와 슌치엔도 저 구덩이에 넣었을 텐데 말입니다."

"스케라는 양날의 검입니다."

아이릭의 기계음이 한층 더 무거워졌다.

"과도한 스케라는 인간의 정신을 위협합니다. 우리가 어떻게 보이디아의 저주로부터 스스로를 지킬 수 있는지 아십니까? 제가 어떻게 당신에게 안티 보이디아 항우울제를 지급할 수 있었는지 아십니까?"

아이릭은 자신의 후두부를 열어 보였다.

그 안에는 검푸른 액체가 들어 있는 여러 개의 앰풀이 박혀 있었다.

"이것이 바로 안티 스케라 항우울제입니다. 이걸 약간 개량하면 안티 보이디아 항우울제가 됩니다."

"그렇다면 설마……."

"네. 바로 그 설마입니다."

아이릭은 후두부를 닫으며 경고했다.

"스케라는 보이디아와 매우 가까운 종류의 힘입니다. 우린 이것을 숭배하고, 또 경계합니다. 인간에게 복음을 가져다주지만, 반대로 파멸을 가져다줄 수 있기 때문입니다."

"파멸이라면 정확히 어떤 파멸 말입니까?"

"자살하거나 폭주합니다."

"폭주라면?"

"남은 육체가 공허 합성체와 매우 비슷한 형태로 변합니다."

아이릭은 스크린에 자료 영상을 띄웠다.

레빈슨은 한마디도 하지 않고 끝까지 그 영상을 지켜보았다.

그리고 영상을 모두 지켜본 다음엔 심경에 매우 큰 변화를 일으켰다.

단지 지구인뿐만이 아니었다.

멸종시켜야 할 것은…….

• 93장 •
퍼스트 나이트

나는 한때 기사였던 세 개의 덩어리를 들고 돌아왔다.

하나는 머리가 없는 드가의 몸뚱이.

나머지 두 개는 반으로 잘려진 에피키언스였다.

덕분에 19번 게이트에 대기하고 있던 모두가 경악했다. 장로단은 즉시 누군가와 연락을 하더니, 곧장 나를 안쪽으로 안내했다.

긴 통로를 지나, 처음 나타난 것은 무장한 군인들이 대기하고 있는 미들 룸이었다.

거기서부터는 다른 장로들은 빠지고, 오직 레오 장로와 네 명의 경호원이 날 안내하기 시작했다.

계속해서 연결된 두 개의 스몰 룸을 통과하자, 꽤나 번화한 느낌의 상점가 같은 공간이 나타났다.

나는 그 와중에도 두 기사의 시체를 끌고 다니는 중이었다. 덕분에 상점가에 있던 올더들의 시선이 내게 집중되었다.

앞장서서 걷던 장로가 물었다.

"혹시 무겁지 않나? 괜찮으면 우리가 맡도록 하지."

"무겁진 않습니다만, 한번 끌어보시겠습니까?"

나는 비교적 작은 드가의 몸통을 내려놓았다. 그러자 장로의 경호원 둘이 곧바로 팔을 잡아끌기 시작했다.

동시에 경호원들의 표정이 심각하게 일그러졌다.

"이건……."

"보기보다 무겁습니다. 대충 4백 kg 정도 될까요?"

나는 한쪽 어깨를 으쓱였다. 그러고는 얼굴이 새빨갛게 된 경호원들에게 다시 드가의 몸통을 건네받았다.

장로는 탄식하며 고개를 저었다.

"역시 기사단인가… 이들의 육체는 매우 특수한 금속으로 만들어져 있다고 들었네. 스케라 합금이지."

"금속에도 스케라가 들어갑니까?"

"특수한 제련 과정이 필요하다고 하더군. 지금은 전승이 끊긴 기술이지."

"그렇다면 기술이 퇴보한 건가요?"

"어떤 의미로는 그러네. 하지만 스케라 합금은 무겁고 효율이 좋지 않아. 대량의 스케라를 보유한 인간만이 컨트롤할 수 있다고 들었고. 일반적으로는 쓸모없는 기술이라 사라진 게 아닐까 싶네."

나는 고개를 끄덕이며 걸음을 옮겼다. 장로는 눈이 휘둥그레진 주민들을 둘러보며 헛웃음을 지었다.

"이런 일이 일어날 거라곤 상상도 못 했네. 그 전설의 기사단을… 그것도 혼자서 두 명을 제압하다니, 장로단 전체가 자네에게 무릎을 꿇고 사과해야겠어. 지금은 너무 놀라서 사과조차 못 하겠네만."

"그러실 필요는 없습니다. 여러분들에게 스캐닝이 있는 것도 아니니까요."

"스캐닝?"

"그런 게 있습니다. 그런데 지금 저는 어디로 가고 있는 겁니까?"

우리는 상점 구역을 지나, 다시 지하로 길게 이어진 통로를 따라 들어가기 시작했다.

장로는 정면을 바라보며 말했다.

"올더 랜드에서 가장 깊은 곳을 향해 가고 있네."

"거기 뭐가 있습니까?"

"우리의 지도자가 계시지."

장로는 그렇게 말하며 걸음을 멈췄다.

그곳은 아무것도 없는 긴 통로의 중간이었다. 장로는 금속으로 된 벽에 손바닥을 대며 말했다.

"그분이 깨어나셨네. 꼭 자네를 만나고 싶다고 하는군."

"올더 랜드의 지도자는 장로분들이 아니었습니까?"

"아니네."

지잉······.

동시에 벽인 줄 알았던 공간이 열리며 비밀 통로가 모습을 드러냈다.

장로는 경호원들에게 손짓을 하며 말했다.

"모두 돌아가서 대기하도록. 나중에 연락하겠다."

경호원들은 즉시 뒤로 빠졌다. 나는 장로를 따라 비밀 통로 안으로 들어가며 물었다.

"올더 랜드엔 이런 비밀 통로가 많이 있습니까?"

"꽤 있네. 아무래도 수백 년 동안 마구잡이로 확장을 하다 보니······."

통로의 끝에는 화물용처럼 보이는 엘리베이터가 있었다. 장로는 엘리베이터의 컨트롤러를 정성 들여 조작하며 말했다.

"이 엘리베이터는 올더 랜드의 핵심 구역들과 연결되어 있네. 하지만 최하층으로 가는 방법은 오직 장로들만 알고 있지."

"지도자가 계시다는 공간 말이죠?"

"맞아. 곧 뵐 수 있을 걸세."

나는 콴 백인장이 했던 말을 떠올리며 물었다.

"혹시 그 지도자의 이름이 비샤입니까?"

순간 장로의 몸이 움찔했다.

"…콴에게 들었나?"

"자세한 이야기는 못 들었습니다. 그저 올더 랜드에서 가장 강력한 존재라고 하더군요."

덜컹……

동시에 엘리베이터가 아래로 내려가기 시작했다. 장로는 한숨을 내쉬며 고개를 끄덕였다.

"물론이네. 강한 분이지. 하지만 지금은 상징성이 더 강하네."

"지금은 그렇게 강하지 않다는 말씀입니까?"

"나도 모르겠네."

장로는 빠르게 바뀌는 계기판을 보며 말했다.

"굳이 말하자면… 어쨌든 자네가 더 강하겠지. 혼자서 기사 둘을 해치웠으니까."

반대로 말하자면 그 비샤라는 인물은 혼자서 기사 둘을 제압할 수 없다는 뜻이다.

"정말로 자네는 혼자서 우리 올더 랜드 전체를 제압할 수 있는 인간이었군. 아니, 어쩌면 오비탈 전체를 파괴할 수 있을지도 몰라. 그런 인간을 밖으로 내쫓다니… 이 자리를 빌려 다시 사과하겠네. 부디 우릴 용서해 주게나."

장로는 갑자기 무릎을 꿇었다. 나는 급하게 장로를 일으키며 고개를 저었다.

"이러실 필요 없습니다. 제가 여러분들이라도 똑같이 행동했을 겁니다. 그냥 앞으로 일주일 정도면 여기 머물게 해주십시오. 그거면 충분합니다."

"정말 일주일 후에 돌아갈 건가?"

장로는 걱정스러운 얼굴로 물었다. 나는 질문의 의도를 정확히 파악하기 위해 고민했다.

'내가 돌아가지 않을까 봐 걱정하는 건가? 아니면 정말로 돌아갈까 봐 걱정하는 건가?'

"둘 다네."

장로는 내 마음을 읽은 듯했다. 나는 쓴웃음을 지으며 말했다.

"정말 상대에게 미안한 마음이 있다면 그 사람의 마음을 멋대로 읽는 건 좋지 않다고 생각합니다."

"아… 미안하네. 워낙 습관이 되어서."

장로는 급하게 고개를 굽실거렸다.

"아무튼 자네가 돌아가도 문제고, 돌아가지 않아도 문제네. 결국 비샤 님의 판단에 맡겨야겠지만……."

그때, 엘리베이터가 멈췄다.

쿠궁…….

장로는 천천히 열리는 문을 가리키며 말했다.

"그럼 들어가게. 가서 비샤 님을 만나주게나."

"장로님은 함께 안 가십니까?"

"자네 혼자만 오라고 하셨네. 난 여기서 기다리도록 하지. 그런데……."

장로는 입술을 깨물며 잠시 고민하다 말했다.

"자네는 정신력이 강한 인간이겠지. 그래도 혹시 놀라서 검을 휘두르거나 하는 일은 없길 바라네."

"네? 그게 무슨 말입니까?"

장로는 입을 다물며 고개를 저었다.

더 이상 설명하지 않을 모양이다. 잠시 기다리던 나는 이내 혼자 밖으로 내리며 통로를 걷기 시작했다.

통로의 끝에는 거대한 기계로 꽉 찬 공간이 자리 잡고 있었다.

기계는 마치 엔진처럼 요란한 소리를 끊임없이 생산했다. 나는 천천히 그 안으로 들어가 주위를 살폈다.

'공장처럼 보이는군.'

그리고 공간의 중심부에 거대한 관이 수직으로 서 있었다.

관 속에는 여자가 있었다.

커다란 관에 비해 상대적으로 여자의 몸은 작았다. 필연적으로 생기는 빈틈으론 수천 가닥의 와이어가 꽉 들어 차 있었다.

여자의 몸은 상당 부분이 기계였다.

하지만 그렇지 않은 부분도 있었다. 나는 가벼운 민망함을 느끼며 헛기침을 했다.

그러자 여자가 눈을 떴다.

"미안하다. 내가 불편하게 했나 보군."

끼긱…….

동시에 와이어가 확장되며 여자의 몸을 옷처럼 감싸기 시작했다.

나이는 스무 살 정도일까?

물론 겉보기에 그렇다는 말이다. 여자는 관 밖으로 천천히 나오며 말했다.

"그래. 내 육체의 나이는 스무 살에 고정되어 있다. 강력한 노화 방지 처리를 받았거든. 지금은 사라지고 없는 기술이지만."

내 마음을 읽은 것이다. 하지만 나는 반발 대신 호기심을 느끼며 바로 질문했다.

"노화 방지 기술이 왜 사라졌습니까?"

"필요 없으니까."

여자는 금속으로 만들어진 자신의 양팔을 둘러보았다.

"노화된 육체는 기계로 대체하면 그만이다. 피부도, 근육도, 신경도, 골격도, 내장도."

그녀는 그렇게 말하며 자신의 몸을 훑었다.

"그렇게 인간들의 사고방식이 변했다. 부품만 교체하면 영

원히 유지되는데, 왜 과도한 자원과 노력을 기울여서 인간의
육체를 영속시켜야 하나? 하하…….'

여자는 자조적으로 웃기 시작했다.

별로 심각한 말투는 아니었다.

하지만 그것만으로도 나는 그녀의 안에 담긴 광기의 편린
을 느낄 수 있었다.

나는 마른침을 삼키며 물었다.

"당신이 올더 랜드의 지도자인 비샤입니까?"

"그래."

여자는 내 앞으로 가까이 다가오며 말했다.

"내가 바로 올더 랜드의 수장이자 오비탈 제국의 첫 번째
기사인 비샤다."

나는 여기까지 끌고 왔던 기사단의 시체를 내려놓으며 말했
다.

"당신이 기사라고요? 이 두 명과 같은 제국 기사단?"

"그래. 내가 처음이었다."

비샤는 몸을 숙이며 바닥에 놓인 두 기사의 시체를 쓰다듬
기 시작했다.

"드가와 에피키언스구나. 오랜만에 만나는데 서로의 꼴이
말이 아니군."

"…친하셨습니까?"

"처음에는."

비샤는 몸을 일으키며 날 바라보았다.

"하지만 시간이 지날수록 모두가 미쳐갔다. 제정신을 유지하려면 언제나 투약을 해야 했지. 그러고 보니… 이제 알겠구나. 문주한, 네가 어떻게 이 둘을 이겼는지. 너는 우리가 가진 가장 큰 약점을 정확히 찔렀어."

비샤는 자신의 머리를 가리키며 웃었다.

"우린 모두 멘탈이 약하지. 아이러니하게도 육체는 그 어떤 것보다 강하지만, 마음은 평범한 인간일 뿐이다."

"하지만 당신은 이들보다 정신력이 높습니다."

나는 비샤를 스캐닝하며 말했다. 그녀는 피식 웃으며 고개를 저었다.

"그래봤자 약간일 뿐이다. 내가 다른 기사단보다 좀 더 오랫동안 인간의 육체를 유지했거든. 인간의 정신을 키울 수 있는 건 오직 인간의 육체뿐이다. 제국은 그 사실을 간과했지."

확실히 그녀의 몸에는 아직도 인간인 부분이 많이 남아 있었다. 그녀는 연한 회색의 눈동자를 깜빡이며 말했다.

"그 또한 제국의 실험 결과일 뿐이다. 제국도 오래전에는 인간의 육체를 활용하는 기술을 개발했지. 영생의 물약이라고 한다. 덕분에 남아 있는 내 육체는 늙지 않고 처음 모습을 그대로 간직하게 됐고."

"영생의 물약이라면……."

나는 그것을 복용하고 괴물로 변했던 레비그라스의 인간들을 떠올렸다. 비샤는 내 생각을 읽었는지 어두운 표정으로 고개를 끄덕였다.

"아직도 그 물약이 남아 있었나 보구나. 분명 아이릭이겠지. 그자는 제국의 유물에 지대한 관심을 가지고 있었으니까."

"심각한 부작용이 있었습니다. 성분에 보이디아 차원의 물질이 들어 있었죠. 장기 복용 한 인간들이 기괴한 몬스터로 변했습니다."

"나도 안다. 직접 봤으니까. 오래전의 일이지만."

그녀는 몸을 돌리며 천천히 자신이 있던 관으로 돌아갔다.

"재미있군. 서로 다른 차원의 인간이 만났는데도 공통적인 지식과 관심사가 있을 줄이야. 너와의 대화는 즐거울 것 같다."

"대화라기보다는 당신이 일방적으로 제 마음을 읽고 있을 뿐이지만요."

"그건 미안하다."

비샤는 다시 관 속으로 들어가며 말했다.

"이 공간은 이미 나 자체다. 네가 여기로 들어온 순간, 말하자면 너는 내 몸속으로 들어온 셈이지."

그 순간, 관 뒤쪽에 있는 공간이 가볍게 꿈틀거렸다.

그것은 거대한 몬스터였다.

생김새는 영락없는 비홀더였다. 대신 비홀더보다 훨씬 더 크고, 피부에 구불구불한 주름이 잡혀 있다는 것.

"그래. 이것도 비홀더다. 너의 차원에 있던 비홀더와 비슷한 것 같군. 하지만 유전적으로 많은 변형이 되었다."

놀라운 건 처음 내가 들어왔을 때는 저것을 발견하지 못했다는 사실이다.

비샤는 가볍게 웃으며 말했다.

"비홀더는 자신의 모습을 감추는 능력을 가지고 있다. 그리고 제국은 비홀더를 병기로 사용하기 위해 그런 특성을 더욱 강화시켰지. 스스로 모습을 보일 생각이 없다면 아무리 제국의 기사단이라 해도 그것을 발견하긴 어렵다."

"저건 왜 저기 있는 겁니까?"

비홀더의 육체와 비샤의 관 사이엔 반투명한 유리관 같은 것이 잔뜩 연결되어 있었다. 비샤는 몸을 감싸고 있던 와이어를 서서히 해제하며 대답했다.

"죽지 않기 위해서다."

"네?"

"높은 스케라가 인간의 정신에 어떤 영향을 미치는지는 알고 있겠지?"

"네. 우울증을 유발해서 자살로 이끄는 것 같더군요."

"그것도 있고, 반대로 폭주해서 미치는 것도 있다. 그래… 네가 본 변형체와 비슷한 모습이 된다."

아직도 빅 스카와의 전투는 상상만으로 치가 떨렸다.

비샤는 뭔가를 조작하며 허공에 몇 개의 홀로그램을 만들었다.

"어느 쪽이든 마찬가지다. 이렇게 되지 않기 위해 나는 비홀더의 습성을 이용해서 꾸준히 체내에 축적되는 스케라를 배출하고 있다."

말하자면 비홀더가 비샤의 스케라를 빨아 먹는 셈이었다. 나는 레오 장로가 어째서 칼을 휘두르지 말라고 했는지 깨달을 수 있었다.

'몬스터를 발견해도 함부로 싸우지 말라는 이야기였군. 그렇다면 저 비홀더는 완벽하게 통제되고 있는 건가? 비샤에 의해서?'

"내가 통제하는 건 아니다. 우린 서로 공생 관계라고 할 수 있지. 비홀더 덕분에 나는 정신을 유지하고, 비홀더는 내 덕분에 정제된 스케라와 다른 힘을 흡수해서 생명을 유지한다. 이 녀석은 제국의 손에 개량된 탓에 순수한 에너지가 아니면 생존할 수 없게 되었거든."

"그렇다면……."

나는 순간 말을 흐리며 입을 다물었다.

비홀더에 대한 것만으로도 앞으로 한참 동안 이야기를 나눌 수 있을 것이다.

하지만 중요한 건 그게 아니다. 나는 가볍게 심호흡을 하며 단도직입적으로 말했다.

"비샤, 어째서 저를 보자고 하신 겁니까?"

"그야 물론, 만나고 싶었으니까."

그녀는 다시 관 속의 와이어와 분리되며 내 앞으로 다가왔다.

"나와 같은 제국 기사 두 명을 해치웠다는 인간을 직접 보고 싶었다. 어쩌면 나 혼자 마음에 품고 있던 이야기를 할 만한 인간일지도 모르고."

비샤는 손을 뻗어 내 얼굴을 만졌다. 나는 차가운 금속의 재질감에 가볍게 몸서리를 치며 말했다.

"제가 원하는 건 여기서 일주일간 지내는 것뿐입니다. 그리고 가능하면 오비탈에 대한 정보를 최대한 많이 얻고 싶습니다."

"그건 어렵지 않다."

비샤는 손가락을 떼며 고개를 끄덕였다.

"하지만 너도 내 이야기를 들어주길 바란다. 그러고 나서 마음이 동한다면 내 부탁도 들어주길 바란다."

"어떤 부탁입니까?"

나는 이야기를 듣기 전에 본론부터 물었다. 그녀는 입가에 미소를 지으며 고개를 저었다.

"먼저 내 이야기를 들어주길 바란다."

*   *   *

비샤가 처음 태어난 것은 지금으로부터 약 500년 전의 일이었다.

그녀는 당시 오비탈 제국에 선풍적인 화제로 떠오른 '영생의 물약'의 첫 번째 실험 대상이 되었다.

그리고 실험은 성공했다.

효과는 압도적이었다. 오비탈의 인류는 노화와 질병으로부터 완전히 해방되어 새로운 미래를 맞이하게 되었다.

하지만 얼마 지나지 않아 심각한 부작용이 발생했다. 제국은 부작용을 해소하기 위해 다시 그녀를 활용해 다양한 실험을 이어나갔다.

하지만 결국 부작용을 완전히 제거하는 것은 불가능했다.

생산된 영생의 물약은 약간의 샘플을 제외하고는 모두 폐기 처분 됐다. 그리고 그 누구보다 대량의 물약에 노출되었던 비샤는 그대로 동결 처리 되어 제국의 지하 연구실에 봉인되었다.

그리고 다시 백 년의 시간이 지났다.

그사이 오비탈의 인류는 새로운 영생을 얻기 위해 사이보그 기술에 매진했다.

핵심은 스케라였다.

스케라는 오비탈 행성의 대기에서 쉽게 추출할 수 있었고, 놀라운 효율과 압도적인 저장성을 가지고 있었다. 모든 기계는 스케라라는 동력을 바탕으로 발전하고, 또 발전해 갔다.

그런 와중에 제국의 수뇌부에서 누군가 새로운 의견을 냈다.

"최첨단 재료 공학과 최첨단 기계공학과 최첨단의 스케라 연구를 더하면 최강의 전투 병기를 만들어낼 수 있지 않을까?"

그것은 다양한 반란에 시달리던 제국에게 있어 대단히 매력적인 아이디어였다.

실험은 곧바로 시작되었다. 먼저 봉인된 비샤의 육체를 꺼낸 다음, 다짜고짜 육체의 절반 이상을 최첨단의 사이보그로 개조해 버렸다.

반대로 육체의 절반 이하를 남겨놓은 이유는, 그때까지는 스케라가 인간의 육체 중 어디에 가장 많이 축적되는지 정확한 데이터가 없기 때문이었다.

제국은 그렇게 사이보그가 된 비샤를 크론톰 지역의 중심부에 있는 스케라 구덩이에 집어넣었다.

그녀는 단 한 번에 성공했고, 최초의 제국의 기사가 되는 영광을 누렸다.

하지만 이후에 펼쳐진 참상은 지옥 같았다.

수천수만의 인간이 스케라 구덩이 속에서 자살했다.

혹은 몬스터로 변하거나.

성공률은 백만에 하나꼴이었다.

덕분에 비샤는 기사가 된 이후에도 끊임없이 새로운 실험에 시달려야 했다. 그녀의 정신은 스케라의 축적과 상관없이 피폐해졌고, 결국 심각한 우울증과 함께 자폐 증상을 보이기 시작했다.

그때, 반란이 일어났다.

반란의 중심은 제국에서 가장 큰 세 개의 기업이었다.

제국은 인간의 목숨을 너무도 하찮게 소모했다. 덕분에 모든 신민은 제국에 등을 돌리고 세 기업에 힘을 몰아주었다.

그렇게 오비탈 차원의 역사상 가장 거대한 전쟁이 시작되었다.

*　　　　*　　　　*

"그 전쟁으로 70억의 인간이 사망했다."

비샤는 무표정한 얼굴로 말을 이었다.

"제국의 인프라가 무너지자, 기사단은 자신들의 목숨을 연명하기 위해서 제국을 배신하고, 세 기업과 손을 잡았다."

"당신도 말입니까?"

내가 질문했다. 비샤는 고개를 저으며 대답했다.

"나는 진실을 알고 있었다. 그래서 세 기업의 손을 들어주는 대신, 제국을 탈출해서 이곳에 자리를 잡았지. 같은 처지였던 비홀더와 함께."

"어떤 진실 말입니까?"

비샤는 손가락으로 자신을 가리켰다.

"이 몸에 쌓아온 진실, 영생의 물약과 스케라의 진실, 그리고 이 모든 것을 계획한 자의 진실."

"제가 아는 건 영생의 물약에 보이디아 차원의 물질이 들어 있다는 것뿐입니다."

"그게 바로 진실의 전부다."

비샤는 양팔을 펼치며 웃었다.

"영생의 물약의 부작용은 뭐지?"

"몬스터가 됩니다, 변형체로 불리는."

"스케라의 부작용은?"

"자살과 폭주죠. 말씀하신 대로라면 변형체와 비슷한 괴물이 됩니다."

사방에 떠 있는 홀로그램에는 아직도 빅 스카를 닮은 괴물들이 난동을 벌이는 영상이 출력되고 있었다.

비샤는 잠시 침묵하다 말했다.

"결론부터 말하자면 스케라는 보이디아 차원에 매우 가까운 에너지다."

"네?"

"그리고 이 모든 것을 활용해서 오비탈 차원을 보이디아 차원의 힘에 잠식시키려는 자가 있다. 과거에는 제국의 귀족이었고, 지금은 3 대 기업 중 하나를 이끌고 있지."

"그런……."

질문하고 싶은 것이 엄청나게 많았다.

하지만 당장 해야 할 질문은 하나뿐이었다.

"그 기업이 어디입니까?"

비샤는 짧게 대답했다.

"펜블릭이다."

＊　　　＊　　　＊

아이릭.

루나하이.

펜블릭.

이들 3 대 기업의 총수가 한자리에 모인 것은 매우 드문 일이었다.

정확히는 오비탈 제국이 멸망한 그날 이후로 처음이었다.

거대한 테이블의 여섯 시 방향에는 금속으로 만들어진 석상 같은 남자가 앉아 있었다. 그는 곧바로 다른 두 사람을 향해 말했다.

"시간을 끌 필요는 없겠지. 바로 본론에 들어가겠다."

그러자 두 시 방향에 앉은 소녀가 웃으며 말했다.

"소문은 들었어, 아이릭. 기사단 둘을 잃었다며?"

"그렇다. 그래서 나는 제국의 유산을 재가동시킬 것을 제안한다."

순간 소녀가 눈살을 찌푸렸다.

"유산? 설마 스케라 구덩이 말이야?"

"그곳에 봉인된 시설의 재가동이 필요하다. 그것을 위해서는 우리 세 명이 나눠 가진 코드가 모두 필요하다. 루나하이, 너의 코드도 말이다."

"아니, 잠깐 기다려."

소녀는 자리에서 벌떡 일어나며 말했다.

"네가 뭔가 심각한 짓을 하고 있다는 건 진즉에 알았어. 한 50년쯤 됐나? 하지만 이건 아니지. 스케라 구덩이를 다시 가동한다고? 우리가 무슨 명분으로 제국을 무너뜨렸는지 잊은 거야?"

"이대로 가면 우리가 무너진다."

아이릭은 테이블 중앙에 홀로그램을 띄우며 말했다.

"이것은 문주한이다. 다른 차원의 인간이지. 이자는 우리 차원의 파괴를 위해 이곳에 왔다. 나는 그를 막기 위해 기사단을 파견했지만 실패했다. 드가와 에피키언스를 잃었지."

"그 무슨 말도 안 되는……."

소녀는 어처구니없다는 표정으로 홀로그램 속의 남자를 바라보았다.

"나는 영락없이 펜블릭의 짓이라고 생각했는데… 그렇잖

아? 내가 안 했으니까. 펜블릭이 기사단 넘버 투의 봉인을 푼 줄 알았어. 그런데 다른 차원의 인간이라고?"

소녀는 테이블의 열 시 방향에 앉은 남자를 바라보았다.

"펜블릭? 너도 뭐라고 말 좀 해봐. 지금 아이릭이 다시 기사를 만들자고 했다고!"

"나도 들었다."

펜블릭은 눈을 감은 채 대답했다.

그는 눈을 감고 있는 노인의 형상을 한 전신 사이보그였다. 소녀는 한숨을 내쉬며 고개를 저었다.

"들었으면 반응을 좀 하라고! 너도 너희 동네 인간들처럼 감정을 제거한 거야?"

"감정을 제거한 게 아니다. 불필요한 감정을 배제할 뿐."

노인은 아이릭을 향해 고개를 돌리며 말했다.

"아이릭, 나는 너의 의견에 동의한다."

"뭐?"

소녀가 아이릭보다 먼저 반응했다. 아이릭은 석상 같은 얼굴에 희미한 미소를 지으며 말했다.

"감사한다, 펜블릭. 그럼 루나하이, 너만 허락하면 스케라 구덩이는 다시 재가동을 시작한다."

"아니아니아니, 다들 좀 기다려 봐."

소녀는 고개를 마구 저으며 지긋지긋하다는 표정을 지었다.

"지금 뭔가 생각을 하고 이야기를 하는 거야? 나 빼고 뒤로 협상이라도 진행했어? 대체 무슨 생각이야! 기사 한 명 만들려면 무슨 짓을 해야 하는지 몰라?"

"당연히 알고 있다. 평균적으로 백만 명의 인간을 소비해야 하지."

"소비는 얼어 죽을!"

소녀는 아이릭을 향해 소리쳤다.

"인간은 소비의 주체지 소비의 대상이 아냐! 가뜩이나 인구가 안 늘어나서 죽겠는데, 기사를 만들려고 강제로 수백만 명을 희생시킬 작정이야?"

"강제로 할 생각은 없다. 자원을 받는다."

"자원?"

"이미 2억 명의 사원 전원에게 설문 조사를 돌렸다. 향후 천 년 간 다시없을, 전설적인 기사단이 될 수 있는 유일한 기회가 찾아왔다고 말이다. 이미 900만 명이 넘는 지원자가 몰렸고, 난 그중에 500만 명을 추려낼 생각이다."

"말도 안 돼⋯⋯."

소녀는 어처구니없다는 얼굴로 말했다.

"아이릭의 직원들 중에는 정신 나간 인간이 900만 명이나 된다는 거야? 다 죽을 게 뻔한데 왜 그런 짓을 해!"

"죽지 않는다."

아이릭은 천천히 고개를 저었다.

"지금은 오비탈 제국 시대가 아니다. 아이릭의 직원들은 대부분 완전 사이보그가 되어 있다. 기사가 되지 못하면 즉시 두뇌를 폐쇄 단말기에 옮겨 안정될 때까지 약물 주입으로 치료한다."

"지금 그걸 말이라고 하는 거야?"

쾅!

소녀는 손바닥으로 테이블을 내려치며 소리쳤다.

"결국 죽거나 폐인이 된다는 말이잖아! 왜 기사단을 우리가 봉인시키고 있는지 잊었어? 안티 스케라 항우울제는 만능이 아니야! 장기간 투약하면 치명적인 부작용이 있다고!"

"그건 네가 걱정할 문제가 아니다."

"뭐?"

"루나하이, 왜 네가 열을 내는 거지? 죽는 것도, 폐인이 되는 것도, 모두 아이릭의 직원이다. 오히려 아이릭의 힘이 줄어들 테니 기뻐해야 하는 게 아닌가?"

"헛소리!"

소녀는 자신의 머리카락을 마구 헝클며 소리쳤다.

"500만 명을 희생하면 다섯 명의 기사가 만들어질 거 아냐! 그럼 우리도 밸런스를 맞추기 위해 뭔가 해야 하고!"

"당연히 뭔가 해야지. 루나하이의 직원 몇백만 명을 스케라 구덩이에 갈아 넣는다고 해도 신경 쓰지 않겠다. 재가동을 시키면 한 시간에 5만 명씩 투입이 가능하지. 순식간이다. 다만 시간 관계상 우리가 먼저 사용해야……."

"그만!"

소녀는 눈을 부릅뜨며 소리쳤다.

"난 그런 짓 안 해! 내가 그럴 거였으면 올더들이 도망치는 걸 눈감아주지도 않았어! 루나하이는 사원들의 생명과 인권을 존중한다고! 그들이 아무리 회사를 배신한다 해도!"

"물러 터졌군."

아이릭은 기계음으로 코웃음을 쳤다. 소녀는 노인을 향해 고래를 돌리며 말했다.

"펜블릭! 너도 뭐라고 말 좀 해봐! 설마 펜블릭의 사원들도 3백만 명쯤 죽이려는 건 아니겠지? 가뜩이나 너희가 인구도 제일 적은데 정말 그럴 거야?"

"나는 기사를 만들 생각이 없다."

노인은 고개를 저으며 말했다.

"대신 아이릭에게 요구할 게 있다. 그것을 들어준다면 펜블릭은 아이릭이 기사단을 무한정 늘리는 것을 허용하겠다."

"어떤 요구지?"

아이릭이 즉시 되물었다. 노인은 눈을 감은 채 요구 사항을 전달했다.

"지금 아이릭은 '지구'라 불리는 차원의 인간들을 보유하고 있다. 내 말이 맞나?"

"맞다."

"펜블릭은 바로 그 지구인을 요구한다."

"몇 명이나?"

"최소 50명."

"그것은 불가능하다."

아이릭은 고개를 저었다.

"우리가 보유한 지구인은 10명도 안 된다. 그러니 요구한 숫자를 채울 수 없다."

"지금 보유한 지구인을 달라는 것이 아니다."

그러자 노인도 고개를 저었다.

"다른 차원의 인간을 데려왔다는 것은 결국 다른 차원으로 이동하는 기술이 있다는 말이겠지?"

"그렇다."

"그렇다면 새로운 지구인을 확보해라. 한 달의 기한을 주겠다. 어떤가?"

"잠시만 기다려라."

아이릭은 즉석에서 본사에 연락을 넣었다. 그는 전이 능력을 가진 인간들과 통화를 나눈 다음 고개를 끄덕였다.

"가능하다고 한다. 앞으로 한 달 안에 지구인 50명을 확보해서 넘겨주겠다."

"좋다. 거래 성립이다."

"야! 이 벽창호들아!"

소녀가 발악하며 소리쳤다.

"너희들끼리 북 치고 장구 치면 다냐! 어차피 내 코드가 없으면 제국의 유산은 움직일 수 없어!"

"아이릭과 펜블릭은 방금 거래를 성사시켰다."

아이릭은 무거운 목소리로 경고했다.

"그 말은, 즉 아이릭과 펜블릭 사이에 동맹이 성립되었다는 것을 의미한다. 루나하이는 아이릭과 펜블릭의 연합군을 상대로 전쟁을 벌일 각오인가?"

"이 고철 쓰레기들이……."

소녀는 이를 박박 갈며 고개를 저었다.

"너희들 반드시 후회할 거야. 제국의 유산들은 함부로 건드리면 안 되는 거야. 그걸 걸 왜 몰라? 자칫 잘못하면 또 다시 행성의 밸런스가 무너질지도 모른다고!"

"그래서 코드를 내놓을 건가? 아니면 전쟁인가?"

"……."

소녀는 입술을 깨물며 노인을 노려보았다.

"그전에 펜블릭, 하나만 물을게."

"질문해라, 루나하이."

"너는 왜 그 지구인을 원하는 거야? 뭔가 정보라도 있어?"

"내가 가진 정보는… 지구인은 다른 차원의 에너지에 쉽게 노출된다는 거다."

노인은 곧바로 자신의 주변에 홀로그램을 띄웠다.

그것은 레비그라스에서 건너온 지구인들끼리 훈련을 벌이

는 영상이었다. 노인은 눈을 감은 채 영상을 바라보았다.

"이들은 순식간에 사이보그 육체에 적응했다. 당연히 스케라에도 적응했겠지. 나는 이들을 가지고 기사단과는 다른 방식의 새로운 전력을 만들어보고 싶다."

"이놈이고 저놈이고… 다들 미쳤어."

소녀는 지긋지긋하다는 표정으로 고개를 저었다.

하지만 대세는 이미 다른 기업에게 넘어가 있었다. 그녀는 아이릭을 노려보며 무언가를 조작하다 말했다.

"좋아. 방금 코드 넘겼어."

"받았다. 그럼 협상대로 아이릭은 향후 30년간 루나하이 측에 필요한 자원을 추가 공급 하겠다."

이미 무선으로 세부적인 협상 내용이 오고 간 후였다.

아이릭은 흡족한 표정으로 고개를 끄덕이며 말했다.

"좋은 거래였다. 역시 루나하이군. 이런 상황에서도 최대한의 이득을 끌어내다니."

"그냥 앉아서 당할 수는 없으니까. 하지만 명심해 둬."

소녀는 테이블 뒤로 물러나며 두 남자에게 경고했다.

"너희들은 넘어선 안 될 선을 넘은 거야. 그게 결국 오비탈 전체의 파멸을 불러올지도 몰라."

"하지만 내버려 두면 어차피 파멸할 거다."

"그 문주한이라는 지구인에게? 나는 그렇게 생각하지 않아."

루나하이는 고개를 저었다.

"지성체는 아무 이유도 없이, 아무 이득도 없이 다른 지성체를 공격하지 않아. 나는 너희들과 달라. 그 지구인에게 다른 방식으로 접근할 거야. 방해나 하지 말아주면 좋겠어."

• 94장 •
무너진 밸런스

"오비탈 제국의 마지막 재상이 펜블럭이라는 사실을 아는 인간은 거의 없다."

비샤는 가볍게 몸을 떨었다.

"아마도 내가 유일하겠지. 그 시절부터 살아남은 자는 나뿐이니."

"왜 다른 사람들에게 말하지 않으셨습니까?"

"알게 된 순간 가만히 있을 수 없게 될 테니까."

비샤는 사방에 놓인 거대한 기계를 둘러보았다.

"올더 랜드는 약하다. 우리가 무언가를 하기 위해선 아직 더 많은 시간이 필요해. 하지만 '그 사실'을 알게 된 순간, 올더들은 당장에라도 펜블릭으로 달려가 일을 벌일 거다."

나로선 어째서 그렇게 되는지 이해할 수 없다. 비샤는 눈을 가늘게 뜨며 말했다.

"펜블릭은 이 세계에 보이디아의 힘을 축적시키려 하고 있다."

"영생의 물약이나 기사를 만들어서 말이죠?"

"그래. 하지만 그는 더욱 확실한 방법을 깨달았기에 방법을 바꿨다."

"어떻게 말입니까?"

"보이디아의 힘의 근원은 부정적인 감정이다."

순간 나는 냉기의 정령왕인 아이시아를 떠올렸다.

분노와 증오의 감정에 사로잡힌 그녀는 마치 우주 괴수가 된 것처럼 검은 기운을 방출했다.

"바로 그렇다."

비샤는 내 마음을 읽으며 말했다.

"바로 그런 것이다. 정령왕이 정확히 무엇인지는 모르겠지만, 분명 행성의 운명을 좌우할 만큼 강력한 존재일 테지?"

"네. 저를 한 방에 죽일 만큼 강력합니다."

"그런 강력한 존재가 부정에 물들수록, 세상은 보이디아 차원에 한층 더 깊이 침식당하게 된다. 그래서 펜블릭은 기사를 만들었다. 그러다 무언가를 깨달았지."

팟!

그 순간, 주변에 출력되던 홀로그램의 영상이 바뀌었다.

"이것은 펜블릭의 도시다. 과거에 내가 탈출하기 직전에 촬영한 것이지."

"다들 기운이 없어 보이는군요."

거리를 돌아다니는 인간들의 표정이 하나같이 공허했다. 비샤는 또다시 새로운 홀로그램을 띄우며 말했다.

"기운이 없는 게 아니라, 감정을 느낄 수 없게 된 거다."

영상에 나오는 것은 뇌 수술을 받고 있는 인간들의 모습이었다.

나는 마른침을 삼키며 눈살을 찌푸렸다.

"수술로 감정을 제거한단 말입니까?"

"펜블릭은 기사단의 문제를 연구하던 도중에 인간의 뇌에 대해 많은 것을 알게 되었다. 그걸 활용해서 인간의 희로애락을 완전히 말살시키는 기술을 개발했지."

나는 어처구니없는 표정으로 물었다.

"왜 그런 짓을 합니까?"

비샤는 고개를 숙이며 대답했다.

"그것이 가장 강력하기 때문이다."

"네?"

"보이디아는 증오, 분노, 공포, 고통, 저주… 인간이 가질 수 있는 모든 부정적인 감정에 반응한다. 하지만 그 모든 감정을 뛰어넘는 것이 바로 공허다."

그 순간, 홀로그램에 떠오른 인간의 몸 주위에 희미한 검은 연기가 피어오르는 것이 보였다.

"검은 기운!"

나는 경악했다.

그저 평범한 인간일 뿐인데, 마치 우주 괴수처럼 검은 기운이 새어 나오고 있었다.

"의식이 있으면서도 아무것도 느끼지 않는 것이 최악이다. 보통은 이렇게 되면 죽는다. 삶에 대한 의지가 사라지니까. 먹지도 않고 자지도 않는다. 하지만 펜블릭은 사이보그 기술을 통해 이 문제를 해결했다."

감정을 잃은 인간의 몸은 서서히 죽음에 가까워진다.

하지만 육체를 차지한 기계가 그것을 방해한다.

어떻게든 본체가 죽지 않도록 생존을 위한 최소한의 활동을 이어나가는 것이다.

영원히.

"이런……."

나는 등줄기가 오싹해지는 것을 느끼며 뒤로 물러섰다.

그것은 진정한 의미의 공포였다.

거대한 도시에 살고 있는 모든 인간이 아무것도 느끼지 못한 채 그저 목숨만을 연명하고 있다.

그들의 역할은 오직 보이디아의 힘을 오비탈에 퍼뜨리는 것뿐이다.

수십만.

아니, 수백만 명이…….

"1억이다."

비샤는 공포에 사로잡힌 머릿속으로 날카롭게 파고들었다.

"펜블릭의 인구는 약 1억이다. 그리고 현재 약 7천만 명 이상의 인간이 보이디아 차원과 연결된 굴뚝으로 변해 있다."

나는 정신이 아찔해지는 것을 느꼈다.

'그래서 오비탈 차원을 감정했을 때 그런 수치가 나온 거군.'

"감정? 수치? 무슨 뜻이지?"

비샤가 생각을 읽으며 질문했다. 나는 한숨을 내쉬며 대답했다.

"저는 차원이 다른 차원에게 얼마나 침식당했는지를 확인할 수 있는 능력이 있습니다. 현재 오비탈 차원은 보이디아 차원에 40퍼센트 이상 침식당해 있습니다."

비샤는 움찔하며 몸을 떨었다.

"정말인가? 이미 절반 가까이 침식되었다고? 그럼 어떻게 되는 거지?"

"어떻게 되는지는 저도 모릅니다. 제가 아는 유일한 부작용은……."

나는 어두운 천장을 올려다보며 어깨를 으쓱였다.

"태양이 가려진다는 것입니다. 그 밖에는 잘 모르겠군요."

그때는 이미 대부분의 인간이 죽어버린 후였다. 그 탓에 세상을 꽉 채운 검은 기운이 인간에게 어떤 영향을 끼치는지 확인할 수 없었다.

"놀랍군."

비샤는 재밌다는 얼굴로 웃었다.

"나는 5백 년 넘게 살아오며 수많은 끔찍한 것을 경험하고, 또 목격했다. 하지만 네가 겪은 수라장도 만만치 않군. 어떤 기억은 내가 상상조차 못 할 어둠이다."

"제 기억을 너무 깊게 들여다보지 않는 게 좋을 겁니다."

나는 가볍게 경고하며 말했다.

"어쨌든 가장 큰 문제는 펜블릭이군요. 그래서 제게 뭘 부탁하려 하십니까? 설마 펜블릭을 무너뜨리라는 건 아니겠죠?"

"그럴 수 있나?"

비샤는 기대하는 눈빛이었다. 나는 즉시 고개를 저으며 대답했다.

"못 합니다."

"하지만 혼자서 두 명의 기사를 제압하지 않았나? 펜블릭의 인구가 1억이라도 대부분은 무력화된 굴뚝에 불과해."

"하지만 그곳에도 기사는 있겠죠?"

"있지. 펜블릭은 두 명의 기사단을 봉인하고 있다. 물론 그 두 명 중 한 명이 가장 강력한 기사이지만……."

비샤는 잠시 고민하다 고개를 들었다.

"그래도 너라면 이길 수 있겠지?"

"못 이깁니다."

나는 다시 한 번 강조했다. 비샤는 눈살을 찌푸리며 되물었다.

"그것을 알 수 있나? 아직 싸워보지도 않았으면서?"

"문제는 여기가 오비탈이란 사실입니다."

나는 뒤쪽에 널브러진 두 기사의 시체를 돌아보며 말했다.

"제가 다루는 힘의 근원이 부족한 차원이죠. 이미 저들과 싸운 탓에 힘을 많이 소모했습니다. 일주일이 지나도 완전히 회복될지 알 수 없습니다."

"그럼 회복될 때까지 기다리면 그만 아닌가?"

"죄송합니다만 저는 일주일 후에 돌아가야 합니다."

그리고 어떻게 된 사정인지를 머릿속으로 빠르게 생각했다. 비샤는 나지막한 신음과 함께 고개를 끄덕였다.

"그런가… 그렇군. 이해했다. 그렇다면……."

"적들이 이쪽으로 계속 병력을 보낸다? 그렇다면 다시 나가서 싸우겠습니다. 하지만 적들의 중심부로 쳐들어가서 그들 전부를 해치운다? 그건 불가능합니다."

"꼭 전부를 해치워야 할 필요는 없다. 회장인 펜블릭을 비롯한 핵심부만 제거하면 돼."

"그러면 무슨 소용입니까?"

나는 한쪽 어깨를 으쓱였다.

"그래봤자 7천만 개의 '굴뚝'은 여전히 남아 있을 텐데요."

"……."

"물론 침식을 막기 위해서 만악의 근원을 제거해야겠죠. 하지만 감정을 잃은 모든 펜블릭의 시민들도 결국 죽여야 합니다. 제 말이 틀립니까? 혹시 죽이지 않고 끝낼 방법이 있습니까?"

비샤는 한참 침묵하다 고개를 저었다.

"없다."

"그렇다면 제게 도움을 요구하지 마십시오. 저 혼자서 모든 차원의 문제를 다 해결할 수는 없습니다. 어차피 물리적으로도 불가능하겠지만요."

나는 그렇게 말하고 몸을 돌렸다. 비샤는 반사적으로 내 쪽으로 손을 뻗으며 소리쳤다.

"잠시만 기다려라!"

"……."

"만약에 내가 그 두 가지를 모두 해결할 수 있다면 나를 도와주겠나?"

나는 뒤를 돌아보며 물었다.

"감정을 잃은 7천만 명에 대한 문제와 제가 오비탈에서 힘을 회복하기 어렵다는 문제를 둘 다 해결할 수 있단 말입니까?"

"있다."

비사의 얼굴에서 오기가 느껴졌다. 그녀는 장시간 무리한 듯, 급하게 관으로 돌아가 축적된 오염 물질을 제거하며 말했다.

"해결할 수 있다. 그러니 단정 짓지 말고 하루만 기다려라. 지금 바로 협상을 통해 답을 얻어낼 테니까."

"협상이라니, 당신이 누군가와 협상을 하면 제 오러가 빠르게 회복될 수 있단 말입니까?"

"오러라는 힘이 뭔지는 잘 모르겠지만… 그쪽은 내가 해결할 수 있다."

비샤는 양 눈을 빠르게 깜빡이며 말했다.

"내가 협상할 것은 감정을 잃은 7천만 명에 대한 것이다. 문주한, 너는 내가 그들을 죽이지 않고 일을 해결하길 바라는 것이겠지?"

"물론입니다. 가능하다면요."

"협상이 잘되면 가능할지도 모른다."

"대체 누구와 협상을 하면 그게 가능해집니까? 설마 펜블릭은 아니겠죠?"

나는 코웃음을 쳤다. 비샤는 심각한 얼굴로 고개를 저으며 말했다.

"아니다. 내가 협상할 상대는 루나하이다."

"루나하이? 또 다른 3 대 기업 말입니까?"

비샤는 고개를 끄덕였다.

"루나하이와 올더 랜드는 동맹이다. 그것을 알고 있는 사람이 우리 둘뿐이긴 하지만 말이다."

* * *

레오 장로는 앞에 놓인 스프를 가볍게 홀짝이며 말했다.

"올더 랜드에는 총 마흔 개의 자동화 농장이 운영되고 있네. 그거로도 부족해서 다섯 개의 새 농장을 건설 중이지. 인구가 빠르게 늘어나고 있거든."

나는 한 상 푸짐하게 차려진 음식에 포크를 가져가며 대답했다.

"이런 땅속에서도 농업이 가능합니까?"

"인공 조명과 대기 순환 시스템이 있으니 가능하네. 합성 화학 비료도 충분하고. 물론 농업뿐만 아니라 가축도 기르지. 유전자 조작을 거친 가축이라 사료를 적게 줘도 금방 자란다네."

나는 포크로 찍은 정체불명의 고깃덩이를 입으로 가져가며 고개를 끄덕였다.

"다행이군요. 맛도 괜찮은 것 같습니다."

"입에 맞다니 다행이군. 그래서……."

장로는 내 눈치를 살피며 물었다.

"비샤 님과는 이야기가 잘됐나?"

"협상이 진행 중입니다. 하루 정도 지나면 결과가 나오겠죠."

나는 애매하게 대답하며 식사를 계속했다.

이곳은 올더 랜드의 중심 구역이라 할 수 있는 3번가에 위치한 식당이다.

올더 랜드에 도로명이 붙는 것은 사람의 왕래가 가장 많은 빅 룸뿐이었다.

이곳에는 총 서른 개의 빅 룸이 존재했고, 그중 가장 번화한 여섯 개의 빅 룸에만 도로명이 붙어 있었다.

"나는 그저 자네를 잘 대접하라는 지시만 받았네. 혹시 필요한 게 있으면 무엇이든 말하게나. 궁금한 게 있으면 언제라도 물어보고."

"비샤 님의 방에 있던 그 많은 기계는 대체 뭡니까?"

나는 즉시 질문했다. 장로는 식은땀이 흐르는 표정으로 주위를 살피며 목소리를 낮췄다.

"그런 이야기는 좀 작게 하면 안 되겠나? 비샤 님의 존재를 아는 건 올더들 중에서도 일부에 불과하네."

"콴 백인장은 알고 있던데 말이죠."

"최소 백인장 이상이 되어야 비샤 님에 대해 알게 되네. 비샤 님이 새로 뽑힌 장교들을 모아 한 번에 임명하거든."

"그럼 다른 사람들은 전혀 모르는 겁니까?"

"물론 존재 자체는 알고 있지."

식당은 우리 둘을 제외하고는 텅 비어 있었다. 장로는 창밖에 구름처럼 몰려 있는 올더들을 바라보며 쓴웃음을 지었다.

"하지만 제대로 알고 있는 자는 별로 없네. 직접 만난 자는 더 드물고. 아무튼 그 기계들은 여러 가지 역할을 동시에 하고 있어. 가장 중요한 건 올더 랜드 전체의 대기 정화네."

확실히 기계는 한시도 쉬지 않고 굉음을 울리며 작동하고 있었다.

나는 숨을 깊이 들이마시며 물었다.

"설마 비샤 님의 힘으로 기계를 작동시키고 있는 겁니까?"

"그러네. 정확히 말하자면 비샤 님이 필터인 셈이지."

"필터?"

"올더 랜드는 지하에 위치한 공간이네. 당연히 대기가 오염될 수밖에 없어. 물론 그런 물리적인 오염은 다른 기계로도 충분히 정화가 가능하네. 하지만……."

장로는 안타까운 표정으로 고개를 저었다.

"스케라는 불가능해. 우리가 있는 크론톰은 오비탈에서 가장 스케라의 농도가 높은 지역이네."

"스케라가 높으면 좋은 것 아닙니까? 빠르게 스케라를 키울수 있을 텐데요. 소모된 스케라의 회복도 빠를 테고."

"그게 그렇지가 않아. 너무 높은 스케라는 그 자체로 독성물질이네. 체내에 쌓이는 속도가 빨라지면 즉시 부작용을 일으키지."

"설마 기사단처럼 되는 겁니까?"

장로는 한숨을 내쉬며 고개를 끄덕였다.

"자살 충동 정도면 그나마 양호하네. 일부는 폭주하거나 육체가 변이되기도 하지. 물론 전신 사이보그라면 변이할 육체가 없어서 상관없지만… 이곳은 올더 랜드가 아닌가? 육체를 가진 자들이니 더 위험해."

"그런……."

"그렇다고 인위적으로 농도를 낮추는 것도 쉬운 일이 아니야. 그래서 외부에서 들여오는 공기는 먼저 파이프를 통해 비샤 님의 방으로 들어가지. 비샤 님은 그곳에서 대량의 스케라를 자신의 몸으로 빨아들여 축적시키네. 일반인은 불가능해. 오직 기사만 가능한 일이야."

나는 관과 연결된 몬스터를 떠올리며 고개를 끄덕였다.

"그렇게 비샤 님의 몸에 쌓인 스케라를 뒤쪽의 비홀더가 빨아들여 중화시키는 시스템이군요."

"맞아. 그 둘이 없으면 올더 랜드는 성립 자체가 불가능하네."

비샤가 와이어로 가득한 관 속을 끊임없이 들락거린 이유가 바로 그것이었다.

나는 그녀의 희생정신에 감탄하며 말했다.

"대단한 분이군요. 자신을 희생해서 모두를 지탱하다니."

"고마운 분이지. 가끔씩 우릴 힘들게 하네만……."

"네?"

"아니, 아니네. 우리가 그런 걸로 투정 부릴 처지는 아니지."

장로는 불경이라도 저지른 표정으로 손사래를 쳤다.

물론 내가 파고들 일은 아닐 것이다. 나는 차려진 음식을 빠르게 먹으며 물었다.

"두 기사의 시체는 일단 비샤 님의 방에 놓고 왔습니다. 그걸로 뭔가 하실 생각입니까?"

"그건 나도 모르겠네. 나도 그분께 명을 들었을 뿐이니까.

기사의 육체에 사용된 사이보그는 스케라 합금으로 만들어졌지. 귀한 물건이니 쓸모가 있지 않겠나?"

어쩌면 비샤가 기사의 육체를 자신의 것을 사용할지도 모른다. 나는 그렇게 생각하다 가볍게 고개를 저었다.

'그건 안 되겠군. 비샤의 육체는 생체가 상당히 많이 남아 있었어.'

"겉으로는 그렇게 보이겠지. 그래도 대부분의 골격은 사이보그화되어 있네."

나는 눈살을 찌푸렸다. 장로는 순간 헉 소리를 내며 주먹으로 자신의 머리를 두드렸다.

"미안하네. 이게 습관이 돼서 나도 모르게 생각을 읽는군."

"…그래도 비샤 님은 인간의 몸이 많이 남아 있는 것처럼 보였습니다만."

"내장은 대부분 그대로 남아 있지. 최초의 기사니까. 그때는 어디를 얼마만큼 남겨야 스케라를 체내에 축적시킬 수 있는지 데이터가 없던 시절이거든. 지금은 이거 하나면 충분하다는 걸 다들 알고 있네만."

장로는 또다시 자신의 머리를 두드렸다. 나는 문득 머리만 남은 귀환자의 모습을 떠올리며 물었다.

"그런데 장로님, 혹시 올더 랜드에도 사이보그 팩이 있습니까?"

"사이보그 팩?"

장로는 눈을 깜빡이다 박수를 쳤다.

"아, 그거 말인가 보군. 아이럭에서 개발했다는 사이보그용 보급품 말이지? 인간을 순식간에 사이보그로 바꿔 버린다는……."

"네. 바로 그거 말입니다."

"연구 시설에 한두 개쯤 있던 거 같네. 바로 확인하라고 지시하지. 그런데 왜 그러나? 설마 이제 와서 사이보그가 되고 싶다는 건 아니겠지?"

"그럴 리가요. 다른 데 쓸데가 있습니다. 하나 주실 수 있겠습니까? 너무 귀한 물건이 아니라면 말입니다."

"무슨 소린가. 정말 귀한 물건이라도 상관없네. 필요한 건 뭐든지 말하게나."

그러고는 소매의 단추처럼 달린 통신기를 이용해 지시를 내리기 시작했다. 나는 시공간의 주머니에서 캔 커피를 하나 꺼내 후식으로 마시며 천천히 답을 기다렸다.

*　　　　*　　　　*

"정신이 드나?"

나는 바닥에 누워 있는 슌에게 물었다. 잠시 몸을 뒤척이던 남자는 천천히 상체를 일으키며 대답했다.

"정신이 하나도 없군. 여긴 레비그라스인가?"

"아니. 오비탈이다."

순간 슌이 몸을 벌떡 일으키며 소리쳤다.

"오비탈이라니! 대체 무슨 일이야!"

"진정해."

나는 슌의 양어깨를 꽉 붙잡으며 말했다.

"안전한 곳이니까. 긴장할 필요 없다."

"오비탈에 안전한 곳이 어디 있어! 여긴 뇌밖에 없는 놈들 천지라고!"

나는 짤막하게 지난 며칠간의 경위를 들려주었다. 슌은 가까스로 안정을 찾으며 그대로 바닥에 주저앉았다.

"그런가… 오비탈에도 정상적인 인간들이 살고 있던 거군."

"네가 있던 곳은 아이릭이란 기업이 통치하던 곳이다. 말한 것처럼 대부분의 시민이 뇌만 남은 완전 사이보그라고 하더군."

"나도 그렇게 될 뻔했지. 이런 개 같은……."

슌은 갑자기 욕지거리를 하며 고개를 숙였다.

"왜 그러지?"

"아니, 아무것도 아냐. 그냥 힘이 사라졌을 뿐이야."

"힘?"

"오러 말이다. 하긴 당연하지. 오러는 내장에 깃드는 것 같으니까."

그는 완전히 기계가 된 자신의 몸을 두드리며 말했다.

"그래서 내가 완전 사이보그로 개조되지 않은 거야. 오러를 쓰기 위해서. 하지만 지금은 그냥 로봇이 되어버렸군."

확실히 슌의 스텟에 표시되는 오러는 제로였다.

그리고 사이보그 팩의 성능이 떨어지는 듯, 기본 스텟 역시 전에 비해 상당히 낮은 수치로 표시되었다.

슌은 양손으로 자신의 얼굴을 만지며 말했다.

"아무튼 고맙다. 사이보그 팩을 구했나 보군. 그런데 대가리만 빼고 완전히 바뀐 셈인데… 이거 따로 코드가 입력된 건 아닌가?"

"장로의 말로는 모든 코드를 제거한 순정이라고 한다. 완벽하게 제어할 수 있을 거야."

"다행이군. 그런데 왜 나를 여기서 부활시킨 거지?"

우리가 있는 곳은 장로가 제공한 스몰 룸이었다. 나는 시공간의 주머니에서 캔 커피를 하나 더 꺼내 마시며 말했다.

"특별한 이유는 없어. 일단 '이게 되는지'를 확인하고 싶었지. 이렇게 된 이후에도 시공간의 주머니에 들어가는지도 확인하고 싶었고."

"잠깐, 그러고 보니……."

슌은 한쪽 눈을 찌푸리며 말했다.

"방금 그 주머니, 커피 꺼낸 주머니 말이야."

"이게 바로 시공간의 주머니다. 널 여기 담아서 차원을 넘어 왔지."

나는 시공간의 주머니를 꺼내 슌의 눈앞에 보여주었다.

"그리고 나중에 다시 집어넣을 거야. 레비그라스로 돌아갈 때가 되면."

"그거 본 적 있어."

"뭐?"

나는 슌의 앞으로 바짝 다가갔다. 슌은 가느다란 눈으로 주머니를 살피며 말했다.

"다른 친구가 가지고 있었다."

"친구? 납치당한 다른 지구인 말인가?"

"그래. 나와 함께 오비탈로 넘어온 열 명의 지구인 중 한 명이다. 이름은 세라."

"세라……"

나는 그 이름을 알고 있었다.

2036년, 이미 인류의 멸망이 가속화되던 상황에 레비그라스에서 돌아온 귀환자.

'아크 위저드 세라 말이군. 인류 저항군이 남은 전력의 절반을 날리면서 가까스로 제거했지.'

"세라는 레빈슨이 여러 가지로 특별 대우를 했지. 그 주머니 때문인가? 왜 자기가 들고 다니지 않고 남에게 시키는 거지?"

"이건 지구인이 아니면 들 수 없으니까."

나는 간단히 대답하며 고개를 끄덕였다.

이건 엄청난 정보다.

세라가 가지고 있는 시공간의 주머니 속에는 분명 레비의 성물이 들어 있을 것이다.

'만약 내가 세라를 발견해서 시공간의 주머니를 탈취할 수만 있다면⋯⋯.'

레비를 제거할 수 있다.

물론 실상은 초월체인 레비와 현실의 차원을 연결해 주는 매개체를 제거하는 것뿐이다.

'하지만 그걸로 레비의 추가적인 개입을 멈출 수 있다면 충분한 성과다.'

그거야말로 내가 오비탈에 머무르는 동안 해야 할 가장 중요한 임무일 것이다. 나는 슌의 앞에 쭈그리고 앉으며 질문했다.

"슌, 오비탈에서 레빈슨과 다른 지구인이 정확히 어디에 살고 있는지 알고 있나?"

"정확히는 몰라. 그 아이릭이라는 이름의 동네라는 건 확실한데⋯⋯."

"아이릭은 오비탈을 지배하는 세 개의 기업 중 하나다. 결국 아이릭의 영토는 오비탈 전체의 3분의 1인 셈이지. 뭔가 기억나는 건 없나? 특징적인 건물이라든가."

"물론 직접 보면 확인할 수 있겠지. 하지만 말로 설명하는 건 어려워. 그런데 왜 그러지? 설마 혼자 거길 쳐들어갈 생각은 아니겠지?"

슌은 가볍게 코웃음을 치며 고개를 저었다.

"하지 마라. 거긴 아무리 소드 마스터라도 들어가면 안 되는 곳이야."

"어째서?"

"수십만의 로봇 병사가 있고, 사이보그로 개조 중인 수백 마리의 몬스터도 있다. 거기에 여덟 명의 지구인도 있지. 아, 그 친구들이 다들 나처럼 약할 거라고 생각하지 마. 내가 지구로 보내진 건 내가 가장 약했기 때문이니까."

"그걸 다 상대할 생각은 없어. 목표는 하나다."

"레빈슨?"

"물론 레빈슨을 죽일 수 있다면 더할 나위 없겠지만… 먼저 세라를 잡아야지."

"세라라……."

슌은 잠시 생각하다 시선을 돌렸다.

"죽일 거면 단숨에 깨끗이 죽여라. 그 여자도 불쌍한 여자야."

"완전 사이보그가 되었다면 너처럼 머리만 잘라 오는 수도 있지. 코드가 제거된 사이보그 팩만 있으면 정상적으로 돌릴 수 있을 테니까."

"정상적이라, 하하……."

슌은 자신의 몸을 둘러보며 헛웃음을 지었다.

"이걸 정상이라고 할 수 있을까? 물론 내 맘대로 움직일 수 있지만, 그 지옥 같은 수련을 하면서 쌓아온 모든 게 날아가 버렸어. 아, 그렇다고 널 탓하는 건 아니니까 신경 쓰지 말고."

"오러를 잃은 건 유감이다. 하지만 스케라가 있지 않나?"

스텟창에 표시된 슌의 스케라 수치는 184였다. 슌은 한쪽 어깨를 으쓱이며 대답했다.

"스케라는 쓸데가 없어. 로봇 육체에 공급하는 에너지, 그 이상도 이하도 아니야. 물론 스케라 병기가 있다면 쓸모가 있겠지만."

"스케라 빔처럼?"

"그래, 스케라 빔처럼. 전에 내 보디(Body)는 그 기술을 쓸 수 있었지."

슌은 손가락으로 다른 손바닥에 동그라미를 그렸다. 나는 에피키언스가 사용했던 최상급 스케라 빔을 떠올리며 가볍게 몸서리를 쳤다.

'잠깐, 이게 가능하다면 그것도 가능한 거 아닌가?'

나는 완전 사이보그가 된 슌의 육체를 노려보았다. 슌은 눈살을 찌푸리며 툭툭댔다.

"뭘 그렇게 째려보나? 이 보디는 별거 아냐. 사이보그 팩 중에서도 꽤 저급품 같군."

"레오 장로도 그렇다고 하더군. 그보다도……."

나는 손가락으로 슌의 머리와 몸이 연결된 부위를 가볍게 훑으며 물었다.

"이 목 부분 말이다."

"응? 목이 왜?"

"목 아래가 전부 사이보그 팩이잖아? 혹시 이거 다시 분리도 가능하나?"

"분리?"

슌은 이상하다는 표정을 지으며 말했다.

"그야 가능하지. 그런데 왜?"

"대체 어떤 식으로 신경이 연결되는지는 모르지만… 혹시 말이야, 다른 보디랑 연결돼도 컨트롤할 수 있을 것 같아?"

"무슨 보디? 이미 완성된 사이보그의 보디?"

나는 고개를 끄덕였다. 슌은 잠시 생각하다 어깨를 으쓱였다.

"가능할 것 같은데? 그 보디에 다른 코드가 숨겨져 있지 않다면 말이지."

"좋아. 알았어."

나는 곧바로 장로가 주고 간 통신기의 버튼을 눌렀다. 슌은 금속으로 된 혀를 쑥 내밀며 불만스러운 표정을 지었다.

"대체 뭔 소리지? 제대로 설명을 해봐. 뭔가 다른 쓸 만한 보디가 있는 건가?"

"있지. 너는 잘 모르겠지만 오비탈에는 기사단이란 게 있는데……."

그 순간, 방문이 열리며 레오 장로가 헐레벌떡 뛰어 들어왔다.

"주한, 아직 여기 있었군!"

"달리 갈 데도 없으니까요. 마침 연락드리려던 참입니다만······."

"아무래도 급한 일이 터진 것 같네. 지금 나와 같이 비샤 님의 방으로 돌아가세나. 아니, 그런데······."

장로는 내 옆에 서 있는 슌을 보며 말문을 잇지 못했다. 나는 일부러 슌의 어깨에 팔을 두르며 친근한 분위기를 어필했다.

"아, 이쪽은 제 친구인 슌입니다. 소개가 늦었군요."

"친구라고? 대체 어디서 나타난 건가? 설마 아까 넘긴 사이 보그 팩으로······."

"어쩌다 보니 그렇게 됐습니다. 그보다도 잘됐네요. 저도 비샤 님에게 볼일이 생겼습니다. 지금 당장 가면 될까요?"

*　　　　*　　　　*

"스케라의 구덩이가 다시 열린다고 한다."

비샤는 우울한 표정으로 말했다.

하지만 스케라 구덩이 같은 건 귀에 들어오지도 않았다. 나는 그녀가 들어 있는 관 옆에 와이어로 연결되어 있는 기사단의 바디를 보며 물었다.

"저걸로 뭘 하시려는 겁니까?"

"쓸데를 연구하고 있다. 그보다 방금 내가 말하지 않았나? 스케라 구덩이가 다시 열린다고."

"애초에 그게 닫혀 있던 거였습니까?"

비샤는 한숨을 내쉬며 고개를 저었다.

"구덩이가 열린다는 건 비유적인 표현이다. 풀이하면 350년 전에 폐쇄된 오비탈 제국의 기사단 육성 장치가 다시 재가동된다는 뜻이다."

"그러니까… 백만 명이 죽어야 한 명의 기사가 만들어진다는?"

비샤는 고개를 끄덕였다.

"아이릭과 펜블릭이 손을 잡았다. 네가 드가와 에피키언스를 죽였기 때문이겠지."

"새로운 기사를 만들어서 절 사냥하겠다는 뜻입니까?"

"둘로 안 된다는 걸 알았으니까. 앞으로 대체 몇 명을 보낼지 알 수 없다."

나는 잠시 생각하다 물었다.

"시간이 얼마나 걸립니까? 스케라 구덩이에서 기사가 완성될 때까지 말입니다."

"나도 모른다. 운이 좋으면 하루 만에 나올 수도 있고, 운이 없다면 열흘 이상 걸릴지도 모르지."

'그렇다면 당장 내게 큰 위협은 아니군.'

"문제는 오비탈의 밸런스가 무너졌다는 거다, 문주한."

비샤는 질책하는 눈으로 날 노려보았다.

"넌 레비그라스로 돌아가면 그만이라고 생각하겠지. 하지만 한 번 무너진 오비탈의 균형은 어떤 결과를 낳을지 모른다. 확실한 건 침식이 점점 더 빨라지겠지. 오비탈 전체가 보이디아에 잠식되어 다른 차원을 공략하는 전진기지로 활용될지도 모르고."

그러니까 어떻게든 해결해 놓고 떠나라는 압박이었다. 나는 눈살을 찌푸리며 빈정거렸다.

"그래서 제가 뭘 어떻게 했으면 좋겠습니까? 당장 스케라 구덩이로 달려가서 그곳의 시설을 파괴하고 돌아올까요? 아, 전에 먼저 펜블릭에 달려가서 '굴뚝' 제조 시설을 파괴하고 만악의 원흉인 펜블릭 회장을 제거해야 하는 것 아니었습니까? 그보다 루나하이인가 하는 분과 협상은 어떻게 됐습니까? 7천만 개의 굴뚝을 다시 정상적인 인간으로 돌려놓을 수 있다던가요?"

그 순간, 비샤와 나 사이에 거대한 홀로그램 스크린이 떠올랐다.

"지금 협상 따질 때가 아냐!"

스크린에 뜬 것은 금발에 귀여운 여자아이의 얼굴이었다. 나는 허를 찔렸다는 것을 느끼며 쓴웃음을 지었다.

"혹시… 루나하이?"

"그래. 내가 루나하이사(社)의 회장인 루나하이야. 사명과 이름이 똑같은 건 이쪽 전통이니까 신경 쓰지 말고."

"나이가 엄청 어려 보이는군요."

"그것도 신경 쓸 필요 없어. 뇌만 빼고 사이보그니까. 아, 그렇다고 내가 아이릭처럼 사이보그주의자인 건 아니니까 그것도 신경 쓰지 마."

루나하이는 찰랑거리는 금발을 뒤로 넘기며 자신 있게 말했다.

"굳이 말하자면 나는 쾌락주의자야. 인간에게 가장 중요한 욕망을 위해서 인간의 육체를 버린 셈이지."

심각할 정도로 겉모습과 어긋난 발언이다. 나는 흔들렸던 정신을 빠르게 수습하며 물었다.

"비샤의 말로는 당신이 펜블릭의 굴뚝을 원래대로 돌려놓을 수 있다고 하던데요?"

"굴뚝? 아, 감정이 거세된 인간들 말이야? 그건 뭐 어렵지 않아. 뉴로칩 하나 달아주면 그만이지."

"뉴로칩이 뭡니까?"

"신경세포 같은 거야. 루나하이는 인간의 쾌락을 극대화시키는 게 기업 목표거든. 그래서 뇌 속에 뉴로칩을 박아 넣고 외부의 자극에 대한 감정을 증폭시켜."

"……"

"그러니까 충분히 발달된 뉴로칩을 굴뚝에 박아 넣으면 그 사람들도 다시 인간적인 감정을 느낄 수 있게 될 거야. 뭐, 간단하지. 루나하이 사원들의 머릿속에서 7천만 개의 칩을 빼낸 다음에 그걸 이식하면 돼. 사원들에겐 새로 개발한 신형 칩을 준다고 하면 만사 오케이지. 물론 자원이 엄청 소모되겠지만."

나는 잠시 동안 압도당했다.

그것은 말 그대로 상상조차 못 한 해결책이었다. 나는 가볍게 헛기침을 하며 그녀에게 물었다.

"그게 가능한지는 둘째 치더라도… 루나하이의 직원이 7천만 명이나 됩니까?"

"정확히는 1억 4,892만 명쯤 돼. 그중에 뉴로칩을 삽입한 인간은 1억 명쯤 되고."

"1억 명이라니… 사원이라는 게 국민 전체를 말하는 것이었습니까?"

"당연하지."

루나하이는 한쪽 어깨를 으쓱이며 말했다.

"오비탈엔 나라가 없으니까. 아무튼 그쪽은 교섭이 끝났어. 내가 할게. 이번에 아이릭과의 교섭으로 추가 자원을 공급받기로 했으니까 생산 물량도 충분히 확보할 수 있을 거야."

"아이릭과 교섭이라니……."

"안 했으면 전쟁이 나서 루나하이가 멸망했을지도 몰라. 뭐, 내가 이렇게 말해도 넌 무슨 소린지 모르겠지만. 아, 근데 화질이 뭐 이렇게 구려? 눈이 썩을 것 같네. 자체 보정을 좀 해야지……."

루나하이는 자신의 관자놀이에 손가락을 대고는 양 눈을 번갈아 깜빡거리기 시작했다.

그러자 스크린 뒤쪽에 있던 비샤가 한숨을 내쉬며 말했다.

"올더 랜드와 루나하이 사이에는 지저 케이블이 연결되어 있다. 설치 로봇이 백 년 동안 고생한 결과지. 다만 스케라를 쓰지 않는 구식 케이블이라 전송률이 떨어진다."

"화질은 생명이라고. 내가 지금 새로운 구식 케이블을 만들고 있으니까 조금만 기다려. 곧 생생한 화질로 서로의 얼굴을 확인할 수 있을 테니까."

'새로운 구식 케이블이라니……'

나는 피식거리며 웃었다. 그러자 비샤도 큭 소리를 내며 웃었다.

"응? 뭐야, 너희들. 뭐가 그렇게 재밌어? 나도 좀 알자! 응?"

"시끄럽다 루나하이. 지금은 그런 거 따질 때가 아니다. 오비탈 전체의 운명을 결정짓는 중요한 순간이라고."

비샤가 일침을 놓았다. 루나하이는 콧방귀를 끼며 눈을 흘겼다.

"쳇, 죽을 때 죽더라도 한 번 더 웃는 게 이득이라고. 아무튼 좋아. 문주한, 시간 없으니까 내가 다시 설명할게."

루나하이는 화면 한쪽에 또 다른 영상을 틀며 말했다.

"네가 할 일은 총 세 가지야. 먼저 펜블릭으로 가서 이걸 파괴해."

영상에는 주사위를 연상시키는 거대한 건축물이 보였다. 나는 눈살을 찌푸리며 물었다.

"이게 뭡니까?"

"굴뚝 공장이야. 하루에 2천 개씩 만들 수 있어."

"왜 지금까지 이걸 그대로 놔뒀습니까?"

"세 기업은 서로의 사원들에 대한 정책에 절대 간섭할 수 없어."

루나하이는 단호한 얼굴로 말했다.

"그게 최초의 협정이야. 이걸 깨려면 전면전을 벌여야 해. 그리고 난 전쟁이 싫어."

"전쟁은 저도 싫습니다."

"어머, 잘됐네. 우리, 생각보다 마음이 잘 맞는 거 같은데? 언제 만나서 데이트라도 할까?"

"정중히 사양하겠습니다."

"그래? 혹시 이런 게 취향이 아닌가?"

루나하이는 가느다란 손으로 머리카락을 마구 헝클며 말했다.

"혹시 원하는 게 있으면 말만 해. 난 60개의 최신 보디를 가지고 있으니까. 순수한 인간과 데이트하는 것도 꽤나 색다른 경험이……."

순간 뒤쪽에 있던 비샤가 기침 소리를 냈다. 소녀는 입술을 삐죽 내밀며 콧방귀를 꼈다.

"쳇, 저 아줌마는 아무튼 간에 고지식하다니까. 뭐, 그럼 두 번째로 넘어가서, 반드시 이놈을 죽여야 해."

그리고 영상에 사이보그로 보이는 노인이 출력되었다.

"이놈이 바로 펜블릭이야. 굳이 노인의 바디를 만들어서 그걸 입고 다니는 변태라고."

"만악의 근원이군요. 이자는 어디에 있습니까?"

"펜블릭 본사 건물에 있지."

스크린에 중세의 고성을 연상시키는 거대한 건물이 표시되었다. 루나하이는 새롭게 지구본 같은 홀로그램을 띄우며 지도상에 위치를 표시했다.

"위치는 여기쯤에 있어. 뭐, 이렇게 말해도 넌 모르겠지만 나중에 자세한 지도를 전송해 줄게. 아, 순수한 인간이라 전송이 힘들겠구나. 이참에 너도 머릿속에 칩 하나 박아 넣는 게 어때? 하나도 안 아프게 해줄 수 있는데."

"사양하겠습니다. 저는 이미 머릿속에 지도를 가지고 있거든요."

"그래? 머리가 좋은가 봐?"

루나하이는 대수롭지 않게 넘기며 화면을 전환했다.

"그리고 이게 바로 스케라 구덩이야. 사실 저 구덩이 속을 보여줘야 하는데 거긴 영상이 남은 게 없어. 전부 폐기됐거든."

그것은 실로 상상을 초월하는 규모의 구덩이였다. 루나하이는 몇 개의 평면도를 띄우며 말을 이었다.

"안쪽은 대충 이런 구조로 되어 있어. 일종의 빵을 굽는 화로라고 생각하면 돼. 사람들을 판 위에 고정시켜 놓고 깊숙한 곳까지 내려 보낸 다음에, 몇 시간 후에 다시 위로 올려 보내는 장치야."

"저 판 위에 몇 명의 사람이 올라갈 수 있습니까?"

"대충 5만 명."

"…대체 규모가 얼마나 큰 겁니까?"

"어마어마하게 크지. 저 구덩이 속에 루나하이의 작은 도시 하나가 통째로 들어갈 수 있으니까."

루나하이는 영상을 거두고 화면의 중심부로 위치를 옮기며 말했다.

"그리고 마지막으로 아이릭에 가서 아이릭 회장을 죽여. 그 게 힘들면 최소한 아이릭이 데려온 다른 차원의 인간들이라 도 죽여. 어때, 간단하지?"

나는 코웃음을 치며 고개를 끄덕였다.

"네, 정말 간단하군요. 그렇게 네 가지만 하면 됩니까? 일 주일이면 뒤집어쓰고도 남겠군요. 다른 건 뭐 시키실 거 없 습니까?"

"그래? 그럼 루나하이에 와서 나랑 밥이나 먹자."

"전신 사이보그라면서요?"

"내 바디는 오감이 극대화된 최신형이거든. 100만큼 맛있는 요리를 500만큼 맛있게 먹을 수 있지. 밥을 먹으면서 눈물을 흘린다니까? 하하하……."

그러고는 의기양양하게 웃기 시작했다.

나는 한숨과 함께 한 발 뒤로 물러섰다.

"농담은 이쯤 하죠. 지금 이걸 제가 전부 다 할 수 있다고 생각하십니까?"

"드가와 에피키언스를 동시에 해치웠다며? 그럼 할 수 있지 않을까?"

루나하이는 어깨를 으쓱였다. 나는 옆으로 위치를 이동하며 홀로그램 뒤에 있는 비샤에게 물었다.

"그전에⋯ 대체 두 사람은 대체 어떤 관계입니까?"

"루나하이는 내 조카다."

비샤는 내키지 않는 목소리로 말했다.

"그러니 믿어도 된다. 사람이 경박하지만⋯ 오래전부터 나와 뜻을 함께했다."

"저 아줌마를 죽은 걸로 위장해서 망해가는 제국에서 탈출시킨 게 바로 나야."

루나하이는 홀로그램을 내 쪽으로 돌리며 말했다.

"크론톰에 자리 잡을 수 있도록 지원해 준 것도 나고. 탈출하려는 올더들을 눈감아준 것도 나야."

"왜 그렇게 했습니까?"

"인간은 제멋대로 살아야 하니까."

"네?"

"인간은 제멋대로 살아야 하니까."

루나하이는 같은 말을 두 번 반복했다.

"난 인간을 억압하는 게 제일 싫어. 남한테 피해만 안 끼치면 제멋대로 사는 게 최고야. 물론 나는 신체의 일부를 사이보그로 바꾸는 게 더 좋다고 생각하지만, 그게 싫은 사람도 있을 거 아냐? 세상엔 질병이나 노화를 즐기는 특이한 인간도 있을 테니까."

"올더 랜드에 있는 어떤 노인은 팔을 사이보그로 바꾸지 않으면 일을 할 수가 없어서 강제로 팔을 잘렸다고 했습니다만."

"그건 우리 아빠 짓."

"네?"

"우리 아빠가 회장일 때 하던 짓이야. 50년쯤 전에 죽었어. 물론 그 전부터 실권은 어느 정도 나한테 있었지만."

"…그렇군요."

나는 고개를 끄덕이며 생각했다.

이 모든 게 거짓이 아니라는 조건하에 루나하이는 꽤나 마음에 드는 스타일의 인간이었다.

문제는 그녀가 내 마음에 드는 것과 그녀가 요구하는 일을 해내는 것은 전혀 다른 문제라는 것.

나는 단도직입적으로 말했다.

"일단 저 모든 일을 해내는 건 물리적으로 불가능합니다."

"나도 그렇게 생각해."

"네?"

"나도 그렇게 생각한다고. 그러니까 협상을 해야지."

루나하이는 헛기침을 하며 말했다.

"문주한, 네가 말한 물리적인 제약은 시간을 말하는 거지?

일주일 말이야. 그러니까 그 시간을 좀 늘려줘. 대신 내가 끝내주는 걸 하나 제공해 줄게."

"끝내주는 거라니… 당신이 뭘 제공하더라도 제겐 의미가 없습니다. 저는 여기서 살 게 아니니까요."

"어허, 미리 넘겨짚지 말라고. 협상의 기본은 상대가 원하는 걸 미리 파악하는 거니까."

소녀는 검지를 좌우로 흔들며 자신감을 보였다.

"내가 제공하려는 건 에너지 변환 장치야. 지난 200년 동안 나랑 비샤 아줌마랑 비홀더가 공동 연구 하던 기술이지."

나는 5초 정도 침묵하다 물었다.

"그게 뭡니까?"

"이름 그대로 서로 다른 에너지를 변환하는 장치. 비홀더 덕분에 아이디어를 얻었지. 비홀더는 우리가 모르는 특이한 에너지를 사용했거든."

"특이한 에너지라니, 비홀더는 여기서 비샤의 스케라를 흡수하고 있던 것 아니었습니까?"

나는 멀리 웅크리고 있는 비홀더를 바라보며 물었다. 그러자 이번에는 비샤가 대신 답했다.

"비홀더는 스케라와 상관없는 능력을 사용한다. 그것을 위해 자신이 흡수한 스케라를 전혀 다른 에너지로 변환했지. 나는 이곳에 있으면서 그 에너지와 능력을 연구했다. 그리고 '마력'이라는 이름을 붙여줬지."

나는 순간적으로 멍해졌다.

그녀는 분명히 내가 모르는 언어로 말했다.

그것을 언어의 각인이 '마력'이라고 해석한 것이다. 나는 반사적으로 비홀더를 스캐닝하며 경악했다.

마력: 420(511)

정말로 마력이 있다.

사실 처음 만났을 때부터 가지고 있었다. 그때는 비홀더가 마력을 가지고 있다는 사실에 별다른 감흥을 느끼지 못했을 뿐이다.

하지만 이곳은 레비그라스가 아니다.

마나가 이토록 희박한 세상에서 무려 500이 넘는 마력 스택을 가진다는 것은 불가능한 일이었다.

"비홀더는 스케라를 마력으로 변환할 수 있다. 그래서 우리도 그 힘을 연구했지. 잘만 하면 오비탈의 밸런스를 무너뜨릴 수 있다고 생각했다."

그래서 그게 가능하다고 말한 것이다.

오비탈에서는 회복이 느린 오로나 마력을 스케라를 통해 빠르게 회복시키는 수단이 있었다.

"그리고 이건 원래 세상에 돌아가서도 유용할 거야. 에너지만 있으면 반영구적으로 작동하는 장치고, 자체적으로 대량의 에너지를 보관할 수도 있으니까."

루나하이는 홀로그램에 작은 반지를 띄우며 말했다.

"어때, 문주한? 이젠 좀 마음이 당겨? 협상에 진지하게 응할 수 있을 것 같아?"

반지는 하나가 아니라 세 개였다.

협상 결과 반지 하나당 이틀로 계산했다. 거기에 드가의 육체를 다시 돌려받는 것까지 하루를 더해, 총 7일간 오비탈 차원에 더 머무르기로 했다.

나는 비샤에게 넘겨받은 반지를 즉시 손가락에 끼며 물었다.

"이걸 그냥 주셔도 되는 겁니까? 저는 아직 계약을 하나도 이행하지 않았는데요."

"왜? 혹시 물건만 받고 도망칠 셈인가?"

비샤는 희미하게 웃으며 말했다.

"어차피 그게 없으면 제대로 힘을 쓸 수 없겠지. 그리고 변환을 확인한 건 스케라와 마력뿐이다. 오러라는 힘은 테스트 한 적이 없기 때문에 어떻게 될지 모른다. 물론 금방 알 수 있 겠지만."

반지는 착용 순간 스스로 사이즈를 조정하며 딱 맞게 조여 들었다.

동시에 머릿속에 누군가의 목소리가 울렸다.

―변환의 반지 프로토 타입 no1, no2, no3입니다. 지금부터 소유자의 에너지 타입을 스캐닝합니다. 최대 150초의 시간이 필요하니 잠시만 기다려 주시기 바랍니다.

나는 비샤에게 물었다.

"머릿속에 목소리가 들리는데요? 이건 뭡니까?"

"반지에 내장된 골전도 음성 전달 시스템이다. 알아서 진행 할 테니 그대로 따르면 된다."

비샤는 할 일이 끝났다는 듯 관 속으로 들어가며 몸을 기 댔다. 나는 150초의 시간을 때울 겸 그녀에게 질문을 이어나 갔다.

"그러고 보니 당신 덕분에 올더 랜드가 유지될 수 있다고 들었습니다. 일종의 살아 있는 필터인 셈인데… 그래도 괜찮 으십니까?"

"나는 괜찮다. 그리고 네가 생각하는 것처럼 희생정신에 가 득 차서 이러는 것도 아니다."

비샤는 감정 없는 목소리로 말했다.

"내가 원하는 건 안정적이고 효율적인 힘이다. 스케라는 위험한 힘이지만 효율이 매우 높다. 그 위험성만 제거할 수 있다면 완벽해지겠지. 그래서 지난 수백 년간 이런 시스템을 유지하고, 연구하고, 개발한 것이다."

지금 이 순간에도 방에 가득 찬 기계들이 굉음을 내며 돌아가고 있었다.

나는 손가락에 낀 은색의 매끈한 반지들을 보며 물었다.

"이 반지도 그런 연구의 결과인가요?"

"그래. 아직 프로토 타입이지만 안정적인 변환과 출력이 가능하다. 특히 내가 확보할 수 있는 스케라의 50%까지 저장 가능한 것이 최대 장점이다."

비샤가 보유한 스케라의 최대치는 약 1,400이다.

그렇다면 이 반지 하나당 700의 스케라를 저장할 수 있는 것이다.

'어째 실감이 안 나는데? 만약 스케라와 오러가 일대일로 대응한다면… 이 반지 안에 무려 700의 오러를 보관할 수 있다는 말이다.'

"반지가 너무 작다고 생각하나 보군."

비샤는 내 생각을 읽으며 미소를 지었다.

"하지만 그 반지 안에는 한 마리의 비홀더가 들어 있다. 작다고 얕보지 않는 게 좋다."

"네?"

나는 기겁을 했다.

"설마 비홀더를 이 반지 속에 압축해서 집어넣었다는 말입
니까?"

"그럴 리가. 비유하자면 그렇다는 말이다."

비샤는 킥킥거리며 웃었다.

"비홀더의 뇌세포와 내부 장기 구조를 카피한 시스템을 마
이크로칩 속에 그대로 옮겨 넣었다. 약 150년의 시행착오가
필요했지. 모든 게 루나하이의 공이다. 그 아이가 겉으로는 경
박해 보이지만, 그래도 오비탈에서 둘째가라면 서러울 만큼의
천재다."

그때, 다시 머릿속에서 목소리가 울렸다.

—소유자의 에너지 타입의 스캐닝이 완료되었습니다. 현재
데이터베이스에 등록된 세 개의 에너지와 미등록된 한 개의
에너지를 확인했습니다.

나는 목소리에 집중하며 마른침을 삼켰다.

—등록된 에너지는 스케라, 마력, 그리고 저주입니다. 현
재 0.4의 스케라를 보유 중이며, 405.7의 마력을 보유 중이며,
41.7의 저주를 보유 중입니다.

—미등록된 에너지는 '알파'로 칭합니다. 현재 314.7의 알파
를 보유 중입니다.

나는 화들짝 놀라며 스스로를 스캐닝했다. 그리고 스캐닝
에 보이는 특수 스텟과 반지가 감지한 스텟의 수치가 정확히

일치하는 것을 확인했다.

비샤가 감탄하며 고개를 끄덕였다.

"넌 이미 스스로의 에너지를 확인하는 능력을 가지고 있군. 순수한 인간에게 어떻게 그런 능력이 생길 수 있지?"

"이것도 일종의 초능력이라고 생각하면 편할 겁니다."

나는 중지에 낀 반지의 위치를 약간 조정하며 대답했다.

"그보다 서로 다른 차원에서 같은 단위로 계산되는 게 신기하군요. 단위는 뭘 기준으로 정한 겁니까?"

"비홀더가 가진 스케라와 마력의 최대치, 그리고 변환율을 기준으로 삼았다."

"변환율이라……."

"일단 테스트해 보는 게 좋겠지. 미등록된 에너지를 등록시키면 다음 단계로 진행될 거다."

그러자 머릿속에서 새로운 목소리가 이어졌다.

─미등록된 에너지 '알파'의 이름을 등록해 주십시오. 미등록 시 계속 '알파'로 표시됩니다.

나는 잠시 주저하다 말했다.

"…오러?"

─등록되었습니다. 지금부터 오러와 다른 에너지간의 변환율을 테스트합니다.

그와 동시에 나는 몸속의 오러 중 일부가 반지로 빨려 들어가는 것을 느꼈다.

'이건 뭐지? 강제로 오러가 빨려 가고 있어?'

"당황할 필요 없다. 처음부터 프로그램된 과정이니까."

"어째서 이런 과정을?"

"비홀더의 몸속에는 총 다섯 가지의 미확인 에너지가 존재했다. 극소량이었지만 적어도 존재 자체는 확인할 수 있었지. 그래서 모든 가능성을 테스트했다."

비샤는 만족스러운 듯 미소를 지었다.

"루나하이는 쓸데없는 기능이라고 주장했다. 하지만 내가 고집을 부렸지. 결국 쓸모가 있었군."

—분석이 완료되었습니다.

잠시 후, 다시 반지의 목소리가 들렸다.

—스케라와 오러의 변환율은 약 2:1입니다.

"잠깐, 그럼 스케라 2를 소모해서 오러 1을 회복할 수 있다는 건가?"

하지만 반지는 대답하지 않았다. 나는 비샤를 보며 질문했다.

"반지는 제 목소리를 인식하지 못합니까?"

"아니, 한다. 하지만 네가 쓰는 언어는 데이터베이스에 등록되어 있지 않군. 이건 좀 흥미로운데……."

비샤는 홀로그램을 띄워 뭔가를 조작하며 말했다.

"너는 반지에 기본 세팅 된 구 제국 공용어를 이해했다. 하지만 반지는 네가 쓰는 언어를 이해하지 못하는군. 어째서 이런 결과가 나오는 거지?"

물론 반지가 생물이 아니기 때문이다.

나는 한숨을 내쉬며 말했다.

"까다롭게 됐군요. 그럼 저는 어떻게 반지를 사용합니까?"

"잠시만 기다려라. 뇌파를 분석하는 프로그램을 등록할 테니까. 그럼 네가 쓰는 말을 반지가 이해할 수 있을 거다."

"뇌파 분석이라니, 그게 그렇게 쉽게 되는 일입니까?"

"통합 센서가 들어 있으니 등록 자체는 간단하다. 그저 넣지 않았을 뿐이다. 나도 이런 일이 생길 거라고는 상상하지 못했거든."

―사용자의 뇌파를 분석하는 프로그램을 업데이트합니다. 이 프로그램은 언어장애를 가진 인간을 위해 개발되었습니다.

정말로 순식간에 업데이트가 되었다. 나는 허탈한 기분을 느끼며 생각했다.

'이 반지는 외부에서 무선으로 마음대로 조작할 수 있나 보군. 결국 비샤가 마음만 먹으면 반지의 기능을 정지시킬 수도 있는 건가?'

"그래. 일종의 보험인 셈이다."

비샤는 부정하지 않았다.

나는 한숨을 내쉬며 고개를 끄덕였다.

"알겠습니다. 그럼 이제부터 반지와 대화를 좀 나눠봐야겠군요."

"지금 반지 속에는 스케라가 얼마나 충전되어 있지?"

―반지 하나당 704의 스케라를 충전할 수 있습니다. 현재 세 개의 반지 모두 최대치까지 충전된 상태입니다.

"현재 내 오러는 314다. 최대치는 668이지. 그럼 지금 바로 내 오러를 최대치까지 충전시켜 줄 수 있나?"

―가능합니다.

그와 동시에 나는 반지로부터 몸속에 엄청난 기운이 쏟아져 들어오는 것을 느꼈다.

"헉……."

나는 그대로 한쪽 무릎을 꿇었다.

고통스러운 건 아니었다. 그저 몸 전체가 폭발하는 듯한 감각을 느꼈을 뿐.

"……."

내가 할 수 있는 거라곤 그저 입술을 깨물며 감각의 과잉 상태를 견뎌내는 것뿐이었다.

다행히 시간이 지나자 폭풍 같은 물결도 사라졌다. 나는 스스로를 스캐닝하며 혀를 내둘렀다.

오러: 668(668)

"정말 꽉 찼군."

─앞으로는 '오러 충전'이라는 키워드로 작동이 가능합니다. 반대로 '오러로 반지 충전'이라는 키워드로 반지에 스케라를 충전할 수 있습니다.

나는 깜짝 놀라며 되물었다.

"잠깐, 내 오러로 반지에 스케라를 충전할 수 있다고?"

─네. 변환율은 마찬가지로 2:1입니다.

"응?"

나는 눈살을 찌푸리며 물었다.

"어째서 1:2가 아니라 2:1이지?"

─변환 과정에서 에너지가 소모됩니다. 현재까지의 기술로는 이것이 한계입니다.

결국 뭘 하더라도 50%의 효율밖에 나오지 않는다는 것이다.

물론 그것만으로도 엄청난 능력이다.

'평상시에 오러가 꽉 차 있을 때 스케라로 변환해서 반지에 저장해 두면 된다. 레비그라스라면 사나흘 만에 오러를 완벽하게 회복할 수 있으니… 그런데 마력은 어떻게 되는 거지?'

그러자 반지가 곧바로 대답했다.

─스케라와 마력의 변환율은 1.5:1입니다.

뇌파를 읽어서 그런지 말로 하나 생각으로 하나 똑같았다.

나는 쓴웃음을 지으며 고개를 저었다.

"어째 이 동네 것들은 인간이고 기계고 가릴 것 없이 사람 생각을 멋대로 읽는군. 그럼 마력으로 반지를 충전하면?"

　—마력으로 반지의 스케라를 충전하는 변환율 역시 1.5:1입니다.

"그래? 어쨌든 확실히 마력이 효율적이군."

아마도 마력을 주로 다루는 비홀더의 메커니즘을 받아들였기 때문일 것이다.

어쨌든 크기에 비하면 말도 안 될 정도의 효율이다. 나는 잠시 생각하다 다시 질문했다.

"그런데 반지는 자체적으로 스케라를 충전하지는 못하나?"

"못한다."

그러자 비샤가 대신 대답했다.

"그건 불가능해. 만약 가능했다면 내가 이곳에 수백 년간 묶여 있지도 않았겠지."

"그건 그렇겠군요."

나는 고개를 끄덕이며 비샤에게 말했다.

"어쨌든 이건 엄청난 물건입니다. 제게도 비슷한 능력이 있긴 한데, 그건 오직 마력만 해당되는 능력입니다."

아쿠렘의 금고.

심지어 그렇게 보관한 마력으로는 정령왕인 아쿠렘의 마법 밖에 사용할 수 없다.

비샤는 내 생각을 이해하기 힘든지 눈살을 찌푸렸다.

"무슨 뜻인지 잘 모르겠군. 어쨌든 이제 너도 에너지를 회복시킬 수단이 생겼다. 이제 계약대로 우리의 부탁을 들어주길 바란다."

"알겠습니다. 그런데 그전에 물어보고 싶은 게 있습니다."

나는 왼손에 찬 세 개의 반지를 하나씩 쓰다듬으며 물었다.

"비샤, 어째서 당신은 이 반지를 사용하지 않은 겁니까?"

"뭐라고?"

"이 반지가 있다면 당신도 엄청난 힘을 쓸 수 있을 겁니다. 보유한 스케라가 두 배 이상이 될 테니까요."

나는 비샤를 향해 반지를 낀 주먹을 내밀었다.

"기사단 두 명이 있는 것과 한 명의 기사가 두 배의 힘을 가진 건 전혀 다른 문제입니다. 마음만 먹으면 3대 기업을 무너뜨릴 수도 있지 않겠습니까? 루나하이야 동맹이니 빼놓더라도 말입니다."

반지의 힘을 활용한다면 스케라 중독에 따른 부작용을 걱정할 필요도 없다.

그리고 당장은 세 개뿐이지만, 계속해서 양산을 거듭한다면 기사단 전체의 힘보다 강력한 스케라를 보유할 수 있을지도 모른다.

하지만 비샤는 고개를 저었다.

"그건 불가능하다."

"어째서입니까? 혹시 올더 랜드의 대기 정화를 위해서 이 방을 나설 수 없기 때문입니까? 그런 것쯤은 오비탈의 패권을 잡으면 아무 문제도 아닙니다. 며칠만 참으면 모두를 공기 좋은 지상에서 살게 할 수도 있을 텐데요?"

"그런 게 아니다."

비샤는 다시 고개를 저으며 말했다.

"그저 내가 그 반지를 활용할 수 없기 때문이다."

"어째서입니까?"

"변환의 반지는 스케라를 다른 형태의 에너지로 변환하는 장치일 뿐이다."

비샤는 우울한 표정으로 한숨을 내쉬었다.

"아니면 다른 형태의 에너지를 스케라로 충전하거나."

"…네?"

"그것은 비홀더가 스케라를 마력으로 바꿔 저장하는 것을 보고 만든 도구다. 지금 그곳에 충전되어 있는 스케라는 모두 비홀더가 보유한 마력을 바꿔 넣은 것이다."

"그럼 정작 인간이 가진 스케라로 반지를 충전할 수 없다는 겁니까? 반대로 반지의 스케라로 인간의 스케라를 회복시킬 수 없고?"

비샤는 고개를 끄덕였다. 나는 노골적으로 어이없는 표정을 지었다.

"그럼 오비탈인에겐 아무 쓸모 없는 도구가 아닙니까?"

"바로 그렇다. 오비탈인이 다루는 에너지는 스케라뿐이니까."

"그럼 대체 왜 만든 겁니까?"

"최종 병기를 위해서."

"네?"

그 순간, 뒤쪽에서 모습을 감추고 있던 비홀더가 스스로 모습을 드러냈다.

"비홀더는 우리 행성에서 유일하게 스케라가 아닌 다른 에너지를 다룰 수 있는 생물이다. 그 반지도 원래 비홀더를 위해서 만든 것이지."

그러자 비홀더의 머리에 돋은 세 개의 더듬이가 가볍게 흔들렸다.

그리고 나는 탄식했다.

이 반지는 원래 비홀더의 더듬이에 끼워질 목적으로 만들어진 것이다.

비홀더가 바로 올더들의 최종 병기였다.

동시에 어둠에 가려 있던 비홀더의 뒤쪽 공간이 밝아졌다.

팟!

그곳에는 붉은 액체로 가득한 십여 개의 거대한 실험관이 자리 잡고 있었다.

"비홀더……"

나는 경악했다.

모든 수족관 안에는 작은 비홀더들이 눈을 감은 채 잠들어 있었다.

"비홀더의 복제에 성공한 것은 최근의 일이다. 완성까지는 아직도 백 년이 더 걸린다."

관 속에서 나온 비샤는 뒤쪽에 있는 실험관을 향해 걸음을 옮겼다.

"그래도 백 년이 지나면 우리 올더 랜드는 기사에 필적하는 열두 마리의 비홀더를 손에 넣게 될 것이다. 하지만……."

비샤는 실험관을 쓰다듬으며 고개를 저었다.

"내가 더 이상 버틸 수가 없다. 나는 이미 너무도 많은 수명을 소모했어. 내 몸에 인간인 부분이 더 이상 견디지 못해."

"아……."

"스케라의 필터로 사는 건 그런 거다. 앞으로 몇십 년, 아니, 몇 년을 더 버틸지 알 수 없다."

"…그래서 제게 이 반지를 맡긴 겁니까?"

나는 심호흡을 하며 물었다. 비샤는 안타까운 표정으로 고개를 끄덕였다.

"그러니 꼭 성공해라, 문주한. 펜블릭의 굴뚝을 정화하고, 새로운 기사단을 만들려는 아이릭의 욕망을 꺾어라. 그렇다면 이 오비탈도 겨우 한숨을 돌릴 수 있겠지."

그 순간, 머릿속에 뭔가가 번개처럼 스쳐갔다.

"잠시만요, 비샤."

"무엇이냐?"

"그전에 묻고 싶은 게 있습니다. 당신은 드가나 에피키언스의 몸으로 뭘 하려고 했습니까?"

"뭐?"

비샤는 잠시 동안 멍한 표정을 지었다.

"그건… 어쩌면 나대신 스케라의 필터로 사용할 수 있을까 해서 가져오라고 한 거다. 내 역할을 대신할 수 있는 건 오직 같은 기사뿐이니까."

그녀는 한쪽 어깨를 으쓱이며 고개를 저었다.

"물론 안 됐다. 에피키언스는 두뇌가 반 토막이 나서 죽었고… 드가는 아예 머리통 자체가 없더군. 인간의 몸에서 스케라를 축적하고 처리할 수 있는 기관은 오직 두뇌뿐이다."

나도 알고 있다.

그리고 여기까지 들은 이상, 나는 내가 챙겨놓은 또 하나의 머리통을 꺼내지 않을 수 없었다.

"여기 드가의 머리가 있습니다."

시공간의 주머니에서 드가의 머리를 꺼낸 순간, 비샤의 두 눈이 휘둥그레졌다.

"혹시나 해서 챙겨놨는데 아직 쌩쌩할 겁니다. 그럼 이걸로 당신의 역할을 대신할 수 있을까요?"

비샤는 대답하지 않았다.

대신 미소를 지었다. 지금까지 봤던 그녀의 표정 중에 가장 행복해 보이는 미소였다.

*　　　　*　　　　*

비샤는 여러 가지 의미에서 해방될 수 있었다.

먼저 올더 랜드의 스케라 필터 역할에서 해방되었다.

그것은 5분이 멀다 하고 연결되어야 했던 관에서 해방되었다는 것을 의미했다.

비홀더는 이제 그녀가 아닌 다른 원천으로부터 스케라를 빨아들였다.

관에서 해방된 그녀는 무척 행복해 보였다.

물론 불행해진 사람도 있었다. 드가는 관 속에 봉인된 채미친 듯이 발악했다.

"야, 이 망할 놈들! 당장 날 여기서 꺼내! 안 그러면 갈가리 찢어버리겠어!"

하지만 드가가 자신의 육체에서 발악할 수 있는 부위는 오직 주둥이뿐이었다.

비샤는 멀찌감치 드가를 보며 빙긋 웃었다.

"오랜만이다, 드가. 잠시만 참아라. 그럼 곧 잠잠해질 테니까."

"잠잠은 망할 잠잠이냐! 아니, 잠깐… 당신은… 설마 퍼스트 나이트?"

순간 휙휙 굴러가던 드가의 눈동자가 비샤에게 고정되었다.

"살아계셨습니까, 비샤 님?"

"보시다시피."

"이럴 수가… 저는 영락없이……."

드가는 갑자기 존댓말을 쓰며 눈알을 굴렸다.

"돌아가신 줄 알았는데, 이런 곳에 계셨군요. 여긴 대체 어딥니까?"

"올더 랜드다. 정보는 차차 넘겨줄 테니 서두를 필요 없다."

"하지만 보디가 없습니다! 이대로 가면 정신에 문제가……"

순간 경직되어 있던 드가의 눈이 스르르 감겼다. 비샤는 다시 드가에게 다가가 그의 얼굴을 쓰다듬으며 말했다.

"스케라를 뽑아내고 있으니 걱정하지 마라. 앞으로 한동안은 약물에 의존할 필요가 없다."

"그게… 정말입니까?"

"그래. 그 대신 여기서 한동안 내 역할을 대신해다오."

"…알겠습니다."

스케라를 추출당한 드가는 놀라울 만큼 얌전해졌다. 비샤는 관 옆에 놓인 드가의 몸통을 직접 들고 내 쪽으로 돌아왔다.

"고맙다, 문주한. 덕분에 나도 한동안은 자유롭게 움직일 수 있을 것 같다."

"영원히 자유롭게 된 건 아닙니까?"

"그럴 리가. 결국 나도 스케라가 쌓이면 다시 여기로 와서 추출 작업을 거쳐야 한다."

비샤는 드가의 몸통을 내게 넘기며 말했다.

"사나흘에 한 번씩은 돌아와야겠지. 드가도 지금은 얌전하지만, 곧 적응하면 난리를 피우기 시작할 테고."

"드가에게 다시 보디를 주실 겁니까?"

"언젠가는, 후후……."

어딘지 모르게 사악해 보이는 웃음이었다. 그녀는 살짝 뒤를 돌아보며 말을 이었다.

"물론 주더라도 평범한 사이보그 보디를 줘야겠지. 원래 몸은 더 이상 내 것이 아니니까. 그런데 그 지구인은 스케라를 좀 다루는 인간인가?"

비샤는 이미 슌의 존재를 알고 있었다. 나는 고개를 끄덕이며 말했다.

"스텟상 100은 넘습니다. 지구인은 특수 능력의 성장이 빠르니 금방 더 강해질 겁니다."

"100이라… 스케라 합금을 제어하기엔 한참 부족하지만 더 이상 내가 신경 쓸 일은 아니겠지. 코드는 미리 제거해 놨으니 걱정 말고 사용해도 된다."

"감사합니다."

나는 고개를 숙였다. 비샤는 직접 내 팔을 잡아끌며 엘리베이터가 있는 문을 향해 걸음을 옮기기 시작했다.

"감사는 내가 해야지. 그럼 오랜만에 밖으로 나가볼까?"

문제는 그녀가 완벽한 나체라는 것이었다. 나는 시공간의 주머니에 챙겨놓은 미군의 군복을 꺼내 그녀에게 건네주었다.

"이건 뭐지?"

"지구의 군복입니다. 원래는 다음에 지구로 보낼 귀환자에게 입힐 예정이었습니다만… 뭐, 아무래도 상관없겠죠."

난 어깨를 으쓱였다. 비샤는 잠시 머뭇거리다 그대로 주섬주섬 옷을 입었다.

"고맙다. 태어나서 지금까지 누군가에게 옷을 선물로 받은 적은 처음이군."

*   *   *

1. 스케라 구덩이에 있는 오비탈 제국의 유산을 파괴.
2. 펜블릭에 위치한 굴뚝 공장의 파괴와 펜블릭 회장의 제거.
3. 아이릭 회장을 제거하고, 아이릭에 있을 레빈슨의 세력도 함께 섬멸.

이렇게 세 가지가 내가 앞으로 13일 동안 완수해야 할 미션이다.

문제는 순서였다.

개인적인 입장에서 본다면 단연 3번이 우선이다.

만약 레빈슨만 제거할 수 있다면 막말로 다른 모든 건 아무래도 상관없는 문제다.

하지만 슌이 경고했다.

"레빈슨은 레비그라스와 오비탈을 계속 왕복하고 있어. 위험을 느끼면 바로 레비그라스로 도망칠지도 몰라."

"하지만 레빈슨을 놓친다 해도 세라를 잡을 수 있다면 그 또한 큰 성과다. 레빈슨이 도망친다면 무조건 세라와 동행할까?"

세라는 레빈슨이 빼돌린 지구인 중 한 명으로, 현재 레비의 성물이 담긴 시공간의 주머니의 소유자다.

슌은 새롭게 얻은 기사단의 육체를 이리저리 살피며 대답했다.

"글쎄, 레빈슨은 꽤 다양한 방식으로 전이의 각인을 사용했으니까… 혼자 갈지도 모르고 여러 명이 동시에 갈지도 몰라. 그런데 어째 몸이 좀 작군."

"소년의 보디라 어쩔 수 없다. 그래도 스케라 합금으로 만들었다니 훨씬 강력하겠지."

"확실히 기능은 엄청 다양하네."

그는 손바닥에 구멍을 열기도 하고, 등 쪽이나 팔꿈치의 부스터 장치를 열기도 하며 이런저런 기능을 테스트했다.

하지만 그 모든 기능은 높은 수치의 스케라를 필요로 했다. 슌은 가까스로 오른쪽 손목 부근에서 스케라로 작동하는 광선검을 분출하며 한숨을 내쉬었다.

"내가 가진 스케라로는 이게 한계야. 어차피 오러도 망한 김에 앞으로는 스케라를 키워봐야겠어."

"오러도 완전 제로는 아니다. 스캐닝으로는 60 정도가 남은 걸로 표시되는군."

"60이라… 전에는 1단계 소드 익스퍼트였는데 말이지. 큭 큭……."

순은 자조적으로 웃으며 고개를 저었다.

레비그라스로 소환된 이후의 그의 인생을 돌이켜 보면 이미 무너져도 몇 번은 무너졌을 만큼 끔찍한 사건의 연속이었다.

레빈슨에 대한 증오, 그리고 함께 고생한 다른 지구인들에 대한 동료 의식이 아니었다면 미쳐도 한참 전에 미쳤을 것이다.

"어쨌든 내 의견을 묻는다면 스케라 구덩이부터 가는 게 좋을 것 같아. 거기부터 끝내야 적들이 새로운 전력을 양산하지 못하겠지."

순이 말했다. 나는 고개를 끄덕이며 대답했다.

"정론이다. 하지만 적도 그걸 대비해서 보유한 전력의 상당수를 스케라 구덩이에 투입했을 거야."

"어차피 싸워야 할 상대라면 미리 싸우는 게 좋지 않나?"

"그것도 그렇지만……."

나는 잠시 생각하다 고개를 저었다.

"반대로 생각하면 지금 아이릭이나 펜블릭은 방어가 약해진 상태다. 빠르게 제압할 수 있다면 지금이 가장 큰 적기라 할 수 있지."

그렇다면 첫 번째 목표는 펜블릭이다. 적어도 그쪽에는 레빈슨의 세력이 존재하지 않을 테니까.

*　　　*　　　*

직선거리로 약 2,900킬로미터.

그것이 올더 랜드에서 펜블릭의 중심 도시인 '펜블릭 시티' 까지의 거리였다.

정상적인 방법이라면 시간도 오래 걸릴뿐더러, 이동 도중에 적에게 발각되어 격추될 가능성이 매우 높았다.

심지어 비샤가 제공한 비행기는 물방개를 연상시키는 작은 셔틀이었다.

이게 하늘을 나는 것도 신기했지만, 날더라도 장갑이 부실해서 어지간한 공격에 바로 격추될 게 뻔했다.

하지만 비샤는 호언장담했다.

"걱정 말고 타라. 격추되기 전에 내려줄 테니까. 스케라 폭풍이 약해진 지금이 아니면 출격 자체가 어려워."

"그러니까… 이걸 타고 약 3천 킬로미터 떨어진 곳까지 날아가서, 적의 수도 중심부에서 탈출하란 말입니까?"

비샤는 고개를 끄덕였다. 셔틀의 장갑은 매우 얇아 보였기 때문에 나는 행여 부서질까 손도 대지 못할 지경이었다.

"동체가 얇은 게 가벼워 보이긴 하는군요. 혹시 속도가 엄청나게 빠릅니까? 생긴 것만 보면 그렇게 빠를 것 같지 않은데… 날개도 없고 말입니다."

"날개? 날개가 왜 필요하지?"

비샤는 눈살을 찌푸렸다.

"날개 같은 건 없어도 상관없어. 이미 목표를 입력해 놨으니까 빨리 타라. 두 시간이면 펜블릭 시티에 도착할 거야."

"두 시간요?"

나는 빠르게 계산하며 혀를 찼다.

"이게 시속 1,500㎞ 이상으로 움직인단 말입니까? 이렇게 생겨가지고 음속을 돌파한다고요?"

굳이 생김새를 따지자면 셔틀은 해저 탐사용으로 사용하는 1인용 잠수정과 비슷한 형태였다.

비샤는 직접 문을 열고 손가락으로 내부를 가리켰다.

"빨리 타. 아니면 펜블릭 시티까지 걸어가든가."

못 미덥지만 어떨 도리가 없었다. 비샤는 내가 끼고 있는 반지를 가리키며 말했다.

"작전이 끝나면 루나하이와 직접 통신해라. 변환의 반지에 기능이 내장되어 있으니까. 거기서 빠져나올 방법을 알려줄 거야."

"알겠습니다. 물론 무사히 도착한다면 말이죠."

"안에 낙하산이 있으니 꼭 착용해."

비샤는 그렇게 말하고는 셔틀의 문을 닫았다.

그리고 이때까지만 해도 나는 내가 탄 셔틀이 오비탈의 높은 과학기술로 만들어진 항공기라고 생각했다.

하지만 이건 항공기가 아니었다.

       *   *   *

우주선이었다.

       *   *   *

해치가 열린 순간, 셔틀은 엄청난 속도로 하늘을 향해 솟아올랐다.

'엄청난 가속도군.'

나는 감탄했다.

하지만 여기까진 준비운동에 불과했다.

—스케라 추진 엔진 점화.

투캉!

셔틀 내부에서 안내 방송이 나온 순간, 뭔가 아래쪽에서 폭발하는 듯한 소리가 들렸다.

동시에 몸 전체가 아래로 짓눌리는 듯했다.

터질 것처럼.

평범한 인간이었다면 반드시 기절했을 것이다.

—현재 속도, 시속 2만 9천 63㎞.

셔틀은 하늘을 향해 순식간에 시속 3만 ㎞까지 가속했다.

'이런데 나는 고작 음속 돌파를 운운했으니……'

나는 비샤의 표정을 떠올리며 쓴웃음을 지었다.

셔틀은 순식간에 성층권을 돌파한 다음, 어느 시점에서 점화를 멈추고 완만한 포물선을 그리기 시작했다.

그리고 얼마나 시간이 지났을까?

"후우……"

나는 셔틀이 지상을 향해 추락하는 것을 느끼며 심호흡을 했다.

—현재 목표 지점에서 상공으로 25㎞ 지점에 도착했습니다. 탑승자는 낙하산을 착용해 주시기 바랍니다.

안내 방송과 함께 좌석 뒤쪽에서 백 팩이 올라왔다. 나는 백 팩을 등에 메며 초조하게 중얼거렸다.

"25㎞인데 낙하산을 메라고? 설마 여기서 뛰어내리라는 건가?"

하지만 뛰어내릴 필요는 없었다.

셔틀은 그 어떤 추가적인 경고 없이, 위쪽에 있던 해치를 열며 나를 밖으로 튕겨냈다.

"……"

나는 반사적으로 오러를 발동시켰다.

"야, 이 망할……!"

욕지거리를 내뱉은 순간, 엄청난 속도로 낙하하던 셔틀이 폭발했다.

콰과과과과과과과광!

동시에 수백 개의 투명한 빔이 공중으로 솟구쳐 올랐다. 나는 즉시 몸을 거꾸로 뒤집은 다음, 오러 실드로 몸을 가리며 지상을 향해 낙하했다.

'강제로 사출한 이유가 있었군. 적의 방공망의 유효 사거리가 25㎞였던 거야.'

나는 볼리비아에서 수행했던 작전을 떠올리며 심호흡을 했다.

'그때도 지상의 몬스터에게 접근하기 위해 수송기에서 낙하했지.'

물론 높이도, 속도도, 목표의 규모도 비교가 안 될 정도로 거대하지만.

그나마 다행인 것은 펜블릭 시티의 방공망이 더 이상 반응하지 않는다는 것이었다.

나는 일단 오러 실드를 거뒀다. 대신 오러 윙을 전개하며 자유낙하에 조금 더 속도를 보탰다.

그리고 몇 분이 더 지나자, 머릿속에서 경고음이 울렸다.

―지상에서 10㎞ 지점부터는 인간 크기의 물체도 적에게 포착당할 가능성이 높습니다. 현재 시속 256㎞를 유지할 경우, 앞으로 35초 후에 해당 지점을 돌파하게 됩니다.

그것은 변환의 반지의 목소리였다. 나는 반사적으로 소리쳤다.

"그래서 어쩌라고!"

―적의 대공 포화에 대한 방어나 회피 기동을 추천합니다.

정론이었다. 나는 한숨을 내쉬며 마음속으로 숫자를 셌다.

그리고 카운트다운이 0이 된 순간, 또다시 지상으로부터 무수한 광선이 솟구쳐 오르기 시작했다.

지이이이이이이이잉!

회피 기동 따위는 불가능했다.

모든 공격은 빛의 속도로 날아왔다. 거의 백 발 이상의 광선이 내 몸에 명중했고, 순식간에 50이 넘는 오러가 소모됐다.

'내 기준으로 볼 때 한 발 한 발의 위력은 약하다. 하지만 너무 많아. 그리고 피할 수가 없다. 어떻게 하지?'

동시에 2차 사격이 집중되었다.

지이이이이이이이이이잉!

이번에는 미리 오러 실드를 전개했다.

파지지지지지지지지직!

오러 실드는 집중된 광선의 절반 정도를 막아준 다음 소멸했다.

이것은 무의미한 소모전이다.

나는 시속 250㎞ 정도의 속도로 낙하하고 있다.

하지만 지상까지의 거리는 아직도 9㎞ 이상 남아 있다.

1초에 70미터를 이동한다고 감안하면 약 130초의 시간이 걸린다.

그리고 적의 대공 포화는 약 3초에 한 번씩 반복된다. 이대로면 지상에 도착하기도 전에 오러가 전부 바닥나 버릴 게 분명하다.

'뭔가 방법이 없을까? 오로나 마력을 최소한으로 소모하고 지상까지 안전하게 내 몸을 지킬 방법이?'

나는 내가 쓸 수 있는 모든 기술을 재빨리 떠올렸다.

결론은 하나뿐이었다.

'아이시아의 집!'

나는 즉시 정령 마법을 사용했다. 그러자 허공에 순식간에 거대한 얼음덩어리가 출현했다.

콰프드드드드드드드득!

지상에서 똑바로 사용했다면 분명 이글루처럼 보일 것이다.

하지만 공중에서 거꾸로 사용하니 영락없이 거대한 밥그릇처럼 보였다.

나는 방향을 바꿔 밥그릇의 테두리에 착지하며 내 판단이 옳았기를 기원했다.

그리고 또다시 적의 포격이 시작됐다.

지이이이이이이이잉!

무수한 광선이 얼음집을 관통하며 위쪽으로 솟아올랐다.

하지만 내 몸에 맞는 것은 한 발도 없었다. 대부분의 광선은 밥그릇의 오목한 부분을 관통할 뿐이었다.

'성공이군.'

물론 300이라는 엄청난 마력을 날렸다.

하지만 마력은 얼마든지 회복시킬 수 있다. 나는 곧바로 시공간의 주머니에서 마력 회복 포션을 꺼냈다.

하지만 이건 실패였다.

아무리 얼음덩어리 위에 몸을 밀착시키고 있다 해도, 이렇게 추락하는 와중에 병에 든 음료를 빠르게 마시는 건 묘기에 가까운 행위였다.

결국 30초 동안 두 병을 마신 게 전부였다. 나는 추가적인 마력 회복을 포기하며 심호흡을 했다.

'포션은 나중에 지상에서 여유가 생기면 마시자. 1차 목표는 굴뚝 생산 공장을 파괴하는 것뿐이니 어렵지 않을 거다.'

펜블릭에서 미리 그곳에 기사라도 대기시켜 놓지 않은 이상, 공장을 파괴하는 건 전혀 어려운 문제가 아니었다.

물론 시간은 꽤 걸릴 것이다.

공장은 매우 컸다. 대략 미국 국방성 건물을 세 겹으로 쌓아놓은 정도의 크기였다.

그 순간, 나는 시간을 엄청나게 단축시킬 수 있는 방법을 떠올렸다.

'아니, 잠깐, 정말 그렇게 해도 되나?'

된다면 엄청날 것이다. 하지만 실제로는 공장의 내구력이 높아서 통하지 않을지도 모른다.

문제는 이미 그것을 생각해 버렸다는 것이다.

포기하기엔 너무도 매력적인 아이디어였다. 나는 한숨을 내쉬며 즉시 작업에 착수했다.

＊　　　　＊　　　　＊

1. 변환의 반지 하나당 704의 스케라가 저장되어 있다.

2. 이를 마력으로 환산하면 약 585의 마력이 회복된다.

3. 변환의 반지 한 개 반 분량의 스케라를 마력으로 전환해 '아이아스의 집'을 세 번 더 사용한다.

4. 굴뚝 공장에 총 네 개의 아이아스의 집을 떨어뜨린다.

＊　　　　＊　　　　＊

펜블릭의 대공망은 모두 레이저를 기반으로 한 병기다.

목표가 미사일이나 비행기라면 명중 즉시 폭발시킬 수 있다.

하지만 목표가 거대한 얼음덩어리라면 그저 수천 개의 작은 구멍을 뚫어놓을 뿐이었다.

충돌 순간, 온 세상이 새하얀 얼음 조각으로 뒤덮였다.

콰과과과과과과과과과과광!

미리 낙하산을 펼친 나는 20초쯤 후에 그 얼음 조각 한복판으로 떨어졌다.

한 방이었다.

사방에 보이는 거라곤 자욱한 먼지와 완전히 박살 난 공장의 파편뿐.

더 이상 뭔가를 더 부시거나 파괴할 필요가 없었다.

맵온에 표시된 인간과 사이보그의 숫자는 제로였다. 물론 몇 분 전부터 공장에 있던 인간과 사이보그들이 바깥으로 대피하기 시작했지만, 어쨌든 이 한 방으로 첫 번째 임무는 완수했다.

"하지만 펜블릭 회장을 살려두면 결국 또다시 공장을 세우겠지……."

나는 혼잣말을 중얼거리며 공장의 잔해를 빠져나왔다.

사방에 흩어져 있던 사이보그와 인간들이 빠른 속도로 몰려오는 것이 보인다.

하지만 그들은 나를 볼 수 없고, 나는 맵온을 통해 그들의 대략적인 위치를 확인할 수 있었다. 나는 자욱한 먼지를 헤치며 전력으로 북쪽을 향해 질주하기 시작했다.

*   *   *

펜블릭의 본사는 굴뚝 공장으로부터 북쪽으로 40km쯤 떨어진 곳에 위치했다.

그 사이에 위치한 것은 펜블릭 시티의 중심 시가지였다. 나는 도로의 한복판을 질주했고, 덕분에 좌우의 인도를 걷던 모든 사람의 시선을 독점했다.

"……."

"……."

"……."

하지만 그 누구도 말을 하지 않았다.

그 누구도 놀라거나, 소리를 지르거나, 당황하지 않았다.

얼마 떨어지지 않은 곳에서 엄청난 폭발이 일어났음에도 불구하고, 거리의 시민들은 조금의 동요도 없이 가던 길을 마저 갈 뿐이었다.

'이게 감정을 제거당한 인간인가?'

시선이 스칠 때마다 등줄기가 오싹해졌다.

대략 세 명에 한 명꼴로 몸에서 검은 연기를 내뿜고 있었다. 그 때문인지, 펜블릭 시티는 마치 먹구름이 낀 듯 어둡고 칙칙한 느낌이었다.

그때, 정면에 한 무리의 로봇들이 나타나 도로를 가로막았다.

나는 공격도 방어도 하지 않았다.

그저 로봇들이 친 바리케이드 구역을 점프로 뛰어넘었다.

그리고 계속 질주했다. 뒤쪽에서 십여 발의 광선이 날아왔지만 전혀 신경 쓰지 않았다.

'잔챙이를 일일이 상대할 시간은 없다.'

굴뚝 공장을 파괴한 이상, 이곳에서 내가 할 일은 오직 펜블릭 회장의 숨통을 끊어놓는 것뿐이었다.

"펜블릭은 지난 수백 년 간 한 번도 본사 건물에서 나오지 않앉어. 그 탓에 직접 만나려면 어쩔 수 없이 거기에 모여야 했고."

그것은 또 다른 삼 대 기업의 회장인 루나하이의 정보였다.
그리고 펜블릭의 정체는 구 오비탈 제국의 마지막 재상이
다. 재상일 때는 자유롭게 돌아다녔는데, 펜블릭이 된 이후로
는 자신의 집에 틀어박힌 것이다.

"펜블릭은 엄청난 고령이야. 두뇌 자체의 수명이 거의 다 됐어.
본사의 지하에 있는 특수 시설이 아니면 생명을 유지할 수 없는
상태야."

그것은 오비탈의 정보왕을 자처하는 루나하이의 극비 정보
였다. 나는 영상으로 확인한 펜블릭 회장의 얼굴을 떠올리며
고개를 저었다.
'그건 그냥 본체와 무선으로 연결된 안드로이드일 뿐이다.
진짜는 지하의 생명 유지 시설에 있다.'
나는 거대한 기계 속에 들어 있는 작은 두뇌를 떠올리며 몸
서리쳤다.
결국 내가 파괴할 것은 인간의 뇌다.
'생각을 단순하게 하자. 펜블릭 회장을 죽이고 이 도시를 빠
져나가는 것만 집중하면 돼.'
하지만 집중하기가 매우 어려웠다.

인간의 감정을 박탈당하고 뇌만 남은 인간.

사방에 가득한 감정을 빼앗긴 수많은 인간.

그리고 도미노처럼 일정 간격으로 앞을 가로막는 로봇 부대.

그 모두가 믿을 수 없을 만큼 비현실적이었다.

마치 누군가 만든 거대한 장난감 상자 속에 들어온 듯한 기분이다. 나는 눈을 가늘게 뜨며 멀리 보이는 거대한 빌딩에 주목했다.

저것이 바로 펜블릭의 본사다.

루나하이의 정보에 따르면 건물 자체가 강력한 요새이며, 로봇 중에선 최고의 전투력을 가진 A형 로봇 5백 대가 상시 상주하고 있다고 한다.

그리고 기사단.

"펜블릭이 보유하고 있는 기사는 두 명이야. 로그엔과 뮤린. 뮤린은 신경 쓸 거 없어. 오직 로그엔만 경계하면 돼."

루나하이는 마지막까지 로그엔이라는 기사에 대해 경고했다.

그는 오비탈 제국에서 두 번째로 만들어진 기사다.

그리고 비샤가 사라진 지금은 실질적인 최강의 기사였다.

"사실 제국이 망한 후로 지금까지 한 번도 봉인이 풀린 적이 없어. 그래도 본사가 위험해진다면 반드시 튀어나올 거야."

나는 루나하이가 보여준 자료 영상을 머릿속에 떠올렸다.

확실히 드가나 에피키언스와는 다른 타입의 전사였다. 물론 지금의 나라면 전력을 기울이지 않아도 충분히 제압할 수 있을 것이다.

일대일이라면.

그 순간, 눈이 환해지며 맹렬한 폭발이 일어났다.

콰과과과과과과과광!

나는 튕겨나듯 몸을 틀며 폭발의 반경에서 **빠져나왔다**.

'이건 뭐지?'

확실한 건 폭발하는 광선이 펜블릭 본사 건물 쪽에서 날아왔다는 것이다.

아무래도 건물 자체가 요새라는 이야기는 비유가 아닌 모양이었다.

'그렇다면 방금 내가 맞은 건 요새의 주포인가?'

도로 전체가 박살이 나 뒤집힌 상태였다.

바로 직전까지 내가 달리고 있던 곳이다. 나는 근처의 건물을 방패 삼아 몸을 숨기며 생각했다.

'위력은 강력하다. 하지만 못 견딜 정도는 아니야.'

내가 알고 싶은 건 주포의 재장전 시간이었다. 그리고 그것은 약 3초 만에 확인할 수 있었다.

콰과과과과과과과과과과광!

건물 자체가 폭발하며 날 튕겨냈다.

단 한순간에 10층 빌딩 규모의 건물이 폭발하며 무너졌다. 나는 쏟아지는 잔해를 피해 근처의 다른 건물로 몸을 숨겼다.

'3초 간격으로 이런 위력의 공격을 연사할 수 있단 말인가?'

그것은 생각보다 위협적이었다. 나는 맵온을 열고 본사 건물로 접근하는 가장 안전하면서도 빠른 루트를 검색했다.

그런데 그때, 맵온에 은색 점 하나가 내 쪽을 향해 엄청난 속도로 접근했다.

'사이보그!'

처음부터 맵온에 기본적으로 사이보그를 띄워놓고 있었다.

기사단이 사이보그니까.

'협공할 셈인가?'

그렇다면 기사단을 먼저 해치우면 그만이다. 나는 자욱한 연기를 뚫으며 사이보그가 접근하는 방향으로 질주했다.

하지만 그곳엔 아무것도 보이지 않았다.

'하늘?'

나는 과거의 경험을 떠올리며 고개를 치켜들었다.

하지만 하늘에는 아무것도 떠 있지 않았다.

'설마?'

그러자 최근의 경험이 떠올랐다. 나는 땅속에 살고 있던 올더들을 떠올리며 바닥을 내려다보았다.

그리고 그 순간.

콰과과과가과과과과과과과광!

도로가 폭발하듯 터지며 뭔가가 땅속으로부터 내 쪽으로
날아왔다.

• 96장 •
세컨드 나이트

그것은 망치였다.

정확히는 망치 모양을 한 은색의 무언가였다. 나는 반사적으로 칼을 휘둘러 그것을 반으로 쪼갰다.

콰직!

느낌이 이상하다.

어딘지 금속을 자른 느낌이 아니다.

어쨌든 상관없다. 정수리부터 반으로 쪼개진 망치는 겨우 손잡이 부분만 이어진 채 힘없이 바닥으로 떨어졌다.

동시에 구멍으로부터 덩치 큰 남자가 천천히 떠오르며 모습을 드러냈다.

로그엔.

구 오비탈 제국 기사단의 넘버 2.

지금까지 봤던 이름뿐인 기사들과는 달리, 이 남자는 갑옷을 연상시키는 전투복에 망토까지 두르고 있다.

'얼핏 기사처럼 보이기도 하는데……'

문제는 겉으로 드러난 양팔이다.

루나하이가 보여줬던 영상의 로그엔은 두 팔 대신 맹렬하게 돌아가는 전기톱 같은 무기가 달려 있었다.

하지만 지금은 텅 비었다.

한마디로 양팔이 없었다. 물론 신체의 대부분이 기계로 개조된 사이보그였지만, 그렇기에 텅 빈 두 팔은 더욱 기묘한 느낌이었다.

대신 여섯 개의 금속 덩어리가 남자의 주변을 위성처럼 돌고 있었다.

로그엔은 공중에 뜬 채로 내게 말했다.

"난 믿지 않았다."

"……"

"어떤 멍청이가 펜블릭의 수도로 혼자서 공격해 올 가능성에 대해서. 정보 제공자가 미쳤다고 생각했다. 하지만 사실이었군."

나는 마른침을 삼키며 물었다.

"정보 제공자가 누구지?"

로그엔은 대답 대신 자신 주위에 떠 있던 금속을 사방으로 흩뿌렸다.

우웅!

흩어진 금속들은 순식간에 무기로 형태를 바꿨다.

'망치?'

처음에 날아왔던 망치와 같은 형태다.

하지만 못 피할 정도는 아니었다. 나는 빠르게 몸을 뒤로 날리며 날아오는 적의 무기들을 피해냈다.

그리고 그 순간, 마치 기다렸다는 듯이 본사의 주포가 날아왔다.

콰과과과과과과과과과과광!

'망할!'

나는 폭발에 휘말리며 뒤쪽으로 날아갔다.

의도적이다.

로그엔은 일부러 내가 회피하게끔 공격 루트를 조절했다. 그걸로 주포와 내 사이를 가로막고 있는 엄폐물로부터 끄집어 낸 것이다.

동시에 사방에서 여섯 개의 망치가 동시에 날아들었다.

쉬이이이이이이익!

나는 폭발에 튕겨 날아가는 와중에도 그것을 피하고 막으며 반격해 갈라 버렸다.

콰직!

머리가 잘린 망치 하나가 힘을 잃고 바닥에 추락한다.

'애초에 이건 무슨 원리로 날아다니는 거지?'

겉모습은 출력 계통이 전혀 안 보이는 그냥 금속 덩어리일 뿐이다.

하지만 마치 의지를 가진 듯 허공에서 자유롭게 방향을 바꾸며 날아다닌다. 회피와 반격을 거듭하는 가운데, 나는 날아오는 망치를 재빨리 스캐닝했다.

이름: 유체 금속

종류: 스케라 합금, 액체 금속

특수 능력: 스케라의 힘으로 날아다니는 금속. 스케라를 충전한 인간의 의지에 따라 자유롭게 움직인다.

콰직!

나는 마지막 망치를 세로로 쪼개 버리며 감탄했다.

'의지만으로 움직일 수 있는 금속이라니… 오비탈의 기술력은 내 상상을 초월하는군.'

하지만 거기까지였다.

이 정도의 힘과 속도로는 오러와 노바로스의 강화를 동시에 발동시킨 내 털끝조차 건드릴 수 없다.

그사이, 로그엔은 시야를 확보하기 위해서인지 높은 하늘로 올라 있었다.

위에서 내려다보고 있다.

그리고 나와 눈이 마주친 순간, 나는 본능적으로 근처의 빌딩 뒤로 몸을 날렸다.

동시에 본사 건물 쪽에서 다시 주포가 날아왔다.

콰과과과과과과과과광!

반응이 빨라 직격에 휘말리진 않았다.

하지만 존재 자체가 위협적이다. 거기에 로그엔은 교묘하게 위치를 조정하며 나를 자신과 본사 건물 사이로 유도했다.

'로그엔의 눈과 본사의 주포가 연결되어 있다. 어떻게 하지? 일단 눈 딱 감고 로그엔을 먼저 제거할까? 아니면 그냥 지금부터라도 본사 쪽으로 계속 달릴까?'

어느 쪽을 선택해도 상당한 피해를 감수해야 할 것이다.

나는 지금까지 날아온 주포의 위력과 본사와의 거리를 감안해 조금씩 거리를 벌리며 후퇴하듯 뒤로 물러났다.

거대한 빌딩들을 엄폐물 삼아서.

하지만 그때, 또다시 은색 망치 하나가 등 뒤로부터 날아왔다.

쉬이이이이이이이익!

나는 급한 대로 몸을 회전하며 손바닥으로 망치를 내려쳤다.

쾅!

그리고 땅에 처박힌 망치를 재빨리 집어 들었다.

우우우우우우웅!

잠시 기절한 듯 멈췄던 망치는 이내 요란한 소리와 함께 발작하듯 몸을 떨기 시작했다.

'이건?'

동시에 흐물거리며 형태가 무너졌다. 나는 즉시 망치를 반대편으로 집어 던지며 근처의 빌딩 뒤로 급하게 몸을 숨겼다.

그러자 하늘 쪽에서 소리가 울렸다.

"소용없다. 이건 펜블릭의 최신 기술로 만들어진 무기다."

한편 반대편 건물에 요란하게 파묻힌 망치는 형태를 바꾸며 다시 공중으로 떠올랐다.

'이번에는 창인가……'

길고 뾰족한 게 망치보다 위협적으로 보였다.

문제는 공중에 떠 있는 창이 한 자루가 아니라는 것.

우우웅…….

어느새 일곱 자루로 늘어난 창이 마치 포위하듯 멀리서부터 내 주위를 배회하고 있었다.

'설마 또 있는 건가?'

"유체 금속은 파괴되지 않는다. 너는 칼로 물을 베고 있던 셈이지."

로그엔의 기계 음성 속에서 비웃음이 느껴졌다.

녀석은 일부러 설명을 하고 있는 것이다. 정신적으로 나를 궁지에 몰기 위해서.

'결국 내가 쪼개놨던 모든 망치가 다시 하나로 뭉쳐 돌아왔

다는 뜻이군.'

하지만 덕분에 빠른 피드백을 얻을 수 있었다. 나는 녀석이 다루는 유체 금속이 총 일곱 개뿐이라는 사실을 확신하며 그에 따른 대책을 고심했다.

'그런데 칼로 물을 베는 셈이라고?'

힌트는 로그엔의 발언 속에 들어 있었다. 나는 얼음의 정령왕인 아이시아의 힘 중에 '무기'를 사용했다.

빠직!

동시에 칼날에 얼음이 맺히며 하얀 냉기가 솟아올랐다. 나는 곧바로 포위망을 좁히고 있는 적의 무기를 향해 몸을 날렸다.

우웅!

공중에 떠 있던 은색 창도 빠르게 반응하며 날아왔다.

'창으로 변해서 그런가? 속도가 좀 더 빠르다.'

나는 타이밍을 맞춰 몸을 기울이며 창날을 베어버렸다.

콰지직!

유체 금속으로 만들어진 창은 마치 대나무처럼 갈라지며 지면에 추락했다.

'성공이다.'

하얗게 얼어붙은 창날은 지면에서 꼼짝도 하지 않았다.

그때, 다른 쪽에서 대기 중이던 창들이 공세를 시작했다.

"어리석군. 잘려도 상관없는데 얼어붙는다고 무력화될 것 같나?"

동시에 멀리서부터 로그엔의 목소리가 울려 퍼졌다.

마치 입에 확성기라도 달아놓은 듯, 도시 전체가 쩌렁쩌렁 울린다.

"냉동이 풀리면 바로 합쳐져서 다시 널 공격할 거다. 얼마나 빨리 녹는지 내기해 볼까? 1분? 아니, 난 30초에 걸도록 하지."

나는 신경 쓰지 않고 날아드는 적의 무기를 차례대로 베어 나갔다.

"언제까지 버틸 수 있는지 두고 보자! 넌 30초 간격으로 무한히 재생하는 내 무기를 상대해야 할 테니까!"

"30초면 충분해."

나는 마지막 창날을 베어 날리며 중얼거렸다.

그리고 바닥에 널브러진 유체 금속들을 재빨리 주워 모으기 시작했다.

로그엔은 웃음을 터뜨렸다.

"하하하하하하! 대체 뭐 하는 거지? 30초가 너무 기나? 손수 체온으로 녹여주려는 거냐?"

"……."

나는 적의 조롱을 씹으며 유체 금속의 회수에 전념했다.

얼어붙은 유체 금속은 좀 전처럼 손안에서 형태가 무너지며 난동을 부리지 않았다. 나는 회수한 적의 무기를 시공간의 주머니 속에 전부 집어넣었다.

그리고 고개를 치켜들었다.

이제 어떻게 할 거지?

나는 말 대신 표정으로 물었다.
로그엔의 얼굴에선 더 이상 웃음기를 찾아볼 수 없었다.

＊　　　＊　　　＊

로그엔은 더 이상 말을 하지 않았다.
대신 본사 건물로부터 미칠 듯한 포격이 이어졌다.
콰과과과과과과과과광!
콰과과과과과과과과과광!
콰과과과과과고과광!
하지만 효율은 전에 비할 바가 아니었다. 나는 최대한 두꺼운 빌딩들을 방패 삼아, 끊임없이 횡으로 이동하며 주포의 직격으로부터 몸을 피했다.
'이것도 결국 에너지를 소모하는 무기다. 영원히 계속 쏴댈 수는 없겠지.'
이대로 본사 건물의 에너지가 전부 소모될 때까지 시간을 끌 수도 있다.
하지만 눈앞에 쓰러져 있는 어떤 오비탈인이 내 결심을 흔들었다.

"으……."

폭발에 휘말린 그는 상반신의 일부와 왼팔만 남은 채로 신음 소리를 내고 있었다.

감정을 박탈당한 여느 펜블릭의 시민들처럼 그 역시 무표정한 얼굴이었다.

하지만 감정이 없다고 통각이 사라진 건 아니다. 나는 반사적으로 맵온을 열며 주변에 있는 사이보그와 인간의 숫자를 확인했다.

본사 건물의 주포 범위 안에만 5만 명의 사이보그와 8천 명의 인간이 살고 있다.

나는 심호흡을 했다.

죄책감을 느끼는 건 아니다.

하지만 좀 더 빠르고 효율적인 작전이 필요했다. 문제는 도시의 외곽으로부터 약 2만 기의 로봇 부대가 접근하고 있는 것.

나는 빠르게 새로운 작전을 세웠다. 마침 포격이 끊기며 멀리서부터 로그엔의 고함 소리가 들렸다.

"나와! 당장 나와서 덤벼라!"

아무래도 내가 주포의 유효 사거리로부터 벗어난 모양이다. 나는 마지막으로 확인했던 로그엔의 정신력을 떠올리며 입술을 깨물었다.

'저 녀석도 정신력은 별로 높지 않다. 그렇다면 해볼 만해.'

결정을 내린 순간, 나는 급한 대로 십여 병의 마력 회복 포션을 꺼내 미친 듯이 들이켜기 시작했다.

그리고 다시 대로로 나와 펜블릭의 본사 건물을 향해 질주했다.

오러 실드로 몸을 가린 채.

"왔구나!"

로그엔이 소리쳤고, 동시에 주포가 날아왔다.

콰과과과과과과과과과광!

첫 한 발은 몸으로 때웠다.

피해는 크지 않지만 몸이 튕겨 날아간 탓에 다시 제자리다. 나는 다시 한 번 정면으로 질주하며 속으로 타이밍을 쟀다.

두 번째 포격은 약 3.5초 후에 이뤄졌다.

이번에는 노바로스의 방벽을 전개했다.

콰과과과과과과과과광!

강렬한 폭발이 사방을 뒤덮었다.

하지만 이번엔 튕겨나지 않았다. 나는 거침없이 질주하며 세 번째 포격도 받아냈다.

그러자 로그엔이 엄청난 속도로 날아와 내 앞을 가로막았다.

"멈춰!"

나는 멈추지 않고 녀석을 베었다.

콰직!

완벽히 수직으로 반으로 쪼개려 했다.

하지만 녀석은 아슬아슬하게 몸을 비틀었고, 그 때문에 몸통의 3분의 1만 잘려 날아갔다.

'이 감촉은…….'

나는 재빨리 뒤를 돌아봤다. 로그엔은 잘려 나간 몸통과 결합하며 아무렇지도 않게 내 뒤를 쫓기 시작했다.

"내 몸도 유체 금속으로 만들어져 있다! 넌 절대 날 베지 못해!"

물론 벨 생각도 없다. 나는 등 뒤에 적을 단 채, 계속해서 본사 건물을 향해 질주했다.

주포는 정확히 3.5초 간격으로 계속 날아왔다.

한 번.

콰과과과과과과과과과광!

두 번.

콰과과과과과과과과광!

그리고 세 번째가 날아오려는 순간, 나는 타이밍을 맞춰 지면을 박차며 백 덤블링을 했다.

"아니?"

당황한 로그엔의 얼굴이 내 몸 아래를 스쳐 지나간다.

그리고 세 번째 포격이 적의 몸에 명중했다.

콰과과과과과과과광!

순식간에 넝마가 된 적은 나보다도 더 빨리 뒤쪽으로 튕겨 날아갔다.

'아이시아의 무기!'

나는 즉시 칼날에 냉기를 두른 다음 적의 몸을 베었다.

하지만 녀석은 공중에서 몸을 비틀었다.

콰직!

잘려 나간 것은 왼쪽 다리뿐이었다.

하지만 처음부터 공중에 떠서 날아다니던 녀석이다. 폭발의 충격으로 온몸이 짓이겨진 녀석은 빠르게 육체의 형태를 복구하며 광기 어린 미소를 지었다.

"말했잖아! 넌 날 벨 수 없어!"

"안 베."

나는 곧바로 적을 향해 마법을 날렸다.

그것은 남은 마력을 전부 소모하며 사용하는 얼음의 정령왕의 최강의 마법이었다.

*   *   *

몇 주 전, 엑페는 아이시아의 힘에 대해 이렇게 평했다.

"그럼 주의할 건 '무기'와 '내구력'이네. 방출형 마법은 피하면 그만이니까."

하지만 피할 수 없는 상황도 있다.

'온다!'

나는 온몸의 마력이 전방으로 분출되는 것을 느꼈다.

아이시아의 입김.

실제 입으로 입김을 뿜는 건 아니고, 그렇다고 손을 뻗어 손바닥으로부터 냉기를 뿜어내는 것도 아니다.

그냥 몸의 전면에서 냉기가 방출된다.

"큭!"

뭔가 낌새를 느꼈는지, 로그엔은 즉시 하늘로 날아올랐다.

하지만 그곳도 방출된 냉기의 범위 안이었다.

빠직!

순식간에 10미터쯤 떠올랐던 로그엔은 갑자기 얼어붙은 석상으로 바뀌며 지면에 추락했다.

그리고 나는 기다렸다는 듯이 칼을 찔러 올려 녀석의 몸을 꼬치처럼 꿰었다.

콰직!

동시에 엄청난 한기가 느껴졌다. 나는 내가 만들어낸 극한의 공간으로부터 잽싸게 빠져나오며 생각했다.

'아이시아의 무기와는 냉기의 위력이 천지 차이군.'

그리고 근처의 건물에 엄폐한 다음, 꼬치로 꿴 로그엔의 몸을 바닥에 내리찍었다.

콰지지지직!

그 일격에 얼어붙은 적의 몸이 산산조각 나며 흩어졌다.

'이것도 다시 녹으면 원래대로 회복되겠지.'

그래서 나는 적의 핵심을 찾았다. 조각난 유체 금속 사이로, 인간의 뇌 모양을 한 둥그런 금속이 보였다.

이것이 로그엔의 두뇌다.

나는 그것만 주워 시공간의 주머니에 집어넣었다. 그리고 녀석이 처음 튀어나왔던 구덩이를 향해 달리기 시작했다.

*   *   *

로그엔이 처음 기습한 순간부터 나는 꼭 지상 루트를 고집할 필요가 없다고 판단했다.

지하 통로가 있는 것이다.

대로를 질주했던 것은 로그엔을 유효사거리 안으로 끌어들여 해치우기 위해서였다. 나는 곧바로 녀석이 튀어나온 구덩이 속으로 뛰어들었다.

지하 통로는 금속으로 만들어져 있었다.

'지하철이나 하수구는 아니군. 일반적으로 사용되는 통로가 아닌가?'

통로는 좁지만 깨끗했고, 지도상 펜블릭의 본사 건물까지 일직선으로 이어져 있었다.

어쩌면 비밀 통로일지도 모른다.

펜블릭 본사로부터 몰래 빠져나오기 위한.

'어쩌면 함정일지도 모른다.'

하지만 그 어떤 함정이라 해도, 미친 듯이 쏟아지는 적의 포격보다 위험할 것 같진 않았다.

나는 마력 회복 포션을 끊임없이 마시며 통로를 이동했다.

그리고 어느 정도 시간이 지나자, 이 통로에는 함정이 없다는 것을 확신할 수 있었다.

내가 서 있는 곳은 이미 펜블릭 본사 건물의 지하였다.

눈앞에는 금속으로 만들어진 문과 작은 단말기가 있었다.

단말기는 내가 좀 더 접근하자 반응했다.

─등록된 사람만 이 통로를 이용할 수 있습니다. 접근해서 뇌파를 확인해 주십시오.

나는 포션을 마시며 잠시 동안 그 자리에 서 있었다.

'그냥 칼로 베어버릴까? 아니면 발로 걷어차서 날려 버릴까?'

하지만 호기심이 생겼다. 나는 그것을 충족하기 위해 주머니 속에서 로그엔의 두뇌를 꺼내 단말기에 댔다.

─확인되었습니다. 어서 오십시오, 로그엔.

그러자 육중한 소리와 함께 문이 열리기 시작했다.

쿠구구구구구구구구……

문이 열리고 나서야, 나는 이 문이 얼마나 두꺼웠는지를 알 수 있었다.

그것은 두께가 2미터쯤 되는 금속이었다.

이걸 파괴하느니, 차라리 다른 곳에 구멍을 뚫고 안쪽으로 들어가는 것이 편했으리라.

'어쨌든 다행이군. 덕분에 쉽게 들어올 수 있었다.'

나는 로그엔의 두뇌를 잽싸게 집어넣으며 문 안쪽으로 걸음을 옮겼다.

여기서부터는 적의 심장부다.

나는 맵온의 각인과 감정의 각인을 끊임없이 교차 검증 하며 주변을 살폈다.

아무리 적이 보유한 최강의 전력을 해치웠다 해도 방심할 수 없다. 펜블릭 회장은 스스로의 의지로 이 세상을 보이디아 차원의 힘에 잠식시키려 하고 있는 인물이니까.

하지만 이곳에 적은 없었다.

내가 도착한 곳은 자료 영상으로 미리 확인한 기사단의 봉인 시설이었다.

나는 숨을 삼키며 주변을 살폈다.

안쪽으로 기사단을 냉동 봉인 하는 장치가 보였다. 두 개의 장치는 모두 열려 있었다. 하나는 2라고 적혀 있었고, 또 하나에는 10이라고 적혀 있다.

'2번은 로그엔이고 10번은 뮤린이다. 여기 없는 걸 보면… 아마도 스케라 구덩이 쪽으로 이동했나 보군.'

시설은 비어 있었다.

하지만 다른 무언가가 있을 것이다.

"펜블릭 회장의 본체가 정확히 어디에 있는지는 나도 몰라. 추측할 수 있는 건 지하에 있는 기사단 봉인실이야. 거기가 가장 접근하기 까다로운 곳이니까."

루나하이는 그렇게 말했다.

그리고 좀 더 걸음을 옮기자, 안쪽으로 또 하나의 기사단 봉인 장치가 보였다.

좀 더 작고, 좀 더 특이하게 생겼다.

이유는 간단했다. 안에 들어 있는 것이 인간 크기의 육체가 아니라, 좀 더 작은 덩어리였기 때문이다.

"아……."

나는 장치의 중심부에 설치된 두꺼운 유리관을 보며 탄식했다.

유리관 안에는 액체가 가득 차 있다.

그리고 그 액체 속에는 여러 개의 전극이 연결된 인간의 뇌가 떠 있었다.

그때 목소리가 들렸다.

―믿을 수가 없군.

소리는 공간 전체에서 울렸다.

지잉!

동시에 봉인 장치 좌우의 엘리베이터가 열렸다. 나는 한 발 뒤로 물러서며 엘리베이터에서 내린 두 명의 인간을 즉시 스캐닝했다.

그리고 눈을 부릅떴다.

"지구인……."

두 인간은 전부 지구인이었다.

그것도 스텟상으로 절대 무시할 수 없는 높은 성취를 이룩한 지구인이었다.

*   *   *

─어떻게 그 통로로 들어올 수 있지? 혹시 로그엔이 배신했나?

목소리는 놀라움에 가득 차 있었다. 나는 진한 청색의 오러를 발동시키고 있는 두 명의 지구인을 경계하며 물었다.

"펜블릭 회장인가? 한때 오비탈 제국의 재상이었다는?"

─제국 재상? 그건 또 오랜만에 들어보는 이름이군.

목소리는 감흥 없는 듯 대꾸했다.

─그래. 그런 적도 있었지. 그리고 너는 아이릭이 말했던 그 지구인인가 보군. 문주한?

"한 가지만 묻지. 왜 오비탈 차원을 보이디아 차원의 힘으로 오염시키려는 거지?"

그것이 궁금하지 않았다면 나는 두말없이 눈앞에 보이는 뇌수에 칼을 꽂아 넣었을 것이다.

회장은 잠시 침묵하다 말했다.

―너는 알 수 없는 것들을 알고 있군. 논리적으로 불가능해. 그게 가능하려면 어떤 인물이 생존해야 한다. 그렇다면…비샤가 아직 살아 있다는 말이군.

'뇌밖에 없는 주제에 머리가 좋군. 아니, 뇌밖에 없어서 머리가 좋은 건가?'

나는 피식 웃으며 마지막으로 물었다.

"대답할 생각이 없나?"

우웅!

그러자 두 지구인이 광선검을 뽑아 든 채 서로의 거리를 좁혔다.

그것은 명백하게 뒤쪽의 뇌수를 보호하는 듯한 움직임이었다. 나는 이 좁은 공간에서 내가 할 수 있는 모든 공격 수단을 떠올리며 생각했다.

'적은 3단계 소드 익스퍼트다. 거기에 사이보그화가 되었으니……'

실질적으로는 소드 마스터의 힘을 가지고 있다고 봐야 한다.

스캐닝으로 보이는 기본 스텟도 엑페와 큰 차이가 없고, 내구력은 오히려 나보다도 높은 수준이다.

―미안하지만 금방 답을 못 하겠군. 아무도 내게 그런 질문을 한 사람이 없어서. 그래도 굳이 말하자면……

펜블릭 회장은 한참을 고민하다 말했다.

—질투겠지.

"뭐?"

—나는 죽음이 두려웠다.

그때, 뇌수가 들어 있는 유리관 속에 작은 거품이 일어났다.

—그것을 극복하기 위해 내가 가진 모든 힘과 지식을 동원했지. 하지만 결국 인간의 육체를 가지고 영생을 누리는 건 불가능하다는 걸 알게 됐다.

"그래서 뇌만 남은 건가?"

—뇌도 인간의 육체다.

동시에 감정 없던 회장의 목소리가 점차 격양되기 시작했다.

—그 모든 수단과 방법을 동원해도 안 된다. 100년을 200년으로 만들었고, 200년을 500년으로 만들었지만… 500년조차 영원에 비교하면 찰나에 불과하다.

"……."

—하지만 인간은 계속 태어난다. 그들은 종으로서 영생을 누리는 것처럼 보이지. 나는 그게 부러웠다. 그리고 내가 누리지 못하는 것을 누리는 존재가 증오스러웠다.

"이건 또… 신선한 헛소리군."

나는 어이없는 표정으로 웃었다.

"너는 인간 아닌가? 너도 자손을 만들어서 똑같이 생명을 이어나가면 되잖아?"

—하지만 그건 내가 아니다. 그래서 나는 이 세상의 모든

인간을 똑같은 존재로 만들기로 했지. 영원히.

"미친……."

—모든 건 이미 시작됐다. 아무도 막을 수 없어. 나는 이미 지구인을 넘겨받았고, 그들을 보이디아 차원으로 전송했다. '무기'를 얻은 보이디아는 이제 모든 차원을 자신의 색으로 물들이겠지.

"아니, 잠깐! 지구인을 보이디아 차원으로 전송했다고?"

나는 경악하며 물었다.

"어떻게 그게 가능하지? 설마 여기도 전이의 각인이 있는 건가?"

—전이의 각인? 그건 뭔지 모르겠군. 내가 사용한 방식은 제물이다.

"제물?"

—나는 펜블릭의 직원들을 제물로 바쳤다. 덕분에 두 차원에 틈이 생기고, 결국 자유롭게 왕래할 수 있는 다리가 놓인다. 지금은 고작 인간 한 명이 드나들 수 있는 다리지만, 이대로 시간이 지나면 수십 명이 동시에 이동할 수 있는 거대한 문이 생길 거다. 그렇게 되면…….

하지만 거기까지였다.

파직!

긴 칼날이 유리관을 관통해, 안에 들어 있던 회장의 뇌를 파고들었다.

문제는 그것이 내 칼이 아니라는 것.

나는 경악하며 한 발 더 뒤로 물러났다.

유리관에 칼을 꽂은 것은 왼편에 서 있던 지구인이었다.

"…뭐지?"

나는 지금 일어난 일을 이해할 수 없었다.

지구인은 유리관에 박힌 광선검을 천천히 뽑아냈다.

푸확!

이윽고 뻥 뚫린 구멍으로 걸쭉한 액체와 잘린 뇌수 조각이 흘러나왔다.

문제의 지구인은 내 쪽을 노려보며 기계로 된 턱을 털컥거리기 시작했다.

"직접 보는 건 오랜만이군요, 문주한."

목소리의 주인은 레빈슨이었다.

"오비탈의 기술은 참 대단한 것 같습니다. 이렇게 멀리 떨어진 곳에서 당신을 보고, 또 실시간으로 대화를 나눌 수 있으니 말입니다."

레빈슨은 사이보그가 된 지구인의 눈을 통해 날 보고 있었다.

나는 그가 가까운 곳에 있을지도 모른다고 판단하며 재빨리 맵온을 돌렸다.

'레빈슨은 사이보그가 아니라 순수한 인간이다. 그러니 인간으로 검색하면……'

"아, 혹시나 해서 말씀드리자면 저는 지금 아이릭이라는 기업의 본사 건물에 있습니다."

레빈슨은 마치 내 마음을 읽은 것처럼 말했다.

"거리가 꽤 멀죠? 그래도 이렇게 대화를 나눌 수 있다니, 정말 대단하지 않습니까? 아무튼 펜블릭의 회장도 머리가 별로 좋은 인간은 아니군요. 뇌밖에 안 남은 주제에, 좀 더 주의를 기울이는 편이 좋았을 텐데 말입니다."

"대체 무슨 일이 벌어진 거지?"

"별일은 아닙니다. 제가 펜블릭에게 지원군을 보내겠다고 제의했습니다. 문주한이라는 인간이 그쪽을 습격할 수도 있다고 말이죠."

"아니……."

"펜블릭은 꽤나 흔쾌히 승낙했습니다. 지금 펜블릭과 아이릭은 계약 관계거든요. 이곳의 지배자인 세 기업은 절대로 서로의 계약을 깨지 않습니다. 깨는 순간 다른 두 기업의 집중 공격을 맞게 되거든요."

"그게 아니라……."

"하지만 저는 오비탈인이 아니니까 상관없습니다. 그래서 이렇게 쉽게 펜블릭 회장을 제거할 수 있던 겁니다."

"왜 죽였지?"

나는 단도직입적으로 물었다.

"왜 펜블릭 회장을 죽였지? 너희들은 전부 한통속 아니었나?"

"지금 대체 무슨 헛소리를 하시는 겁니까? 머리가 돌았습니까?"

레빈슨은 순간적으로 격한 반응을 보였다.

"저는 빛의 신의 사도입니다! 분명히 말씀드리지 않았습니까? 그분이 어째서 지구인을 멸망시키려 하는지? 이 모든 게 세상이 어둠과 공허에 잠식되지 않게 하려는 레비의 참된 뜻이란 말입니다!"

순간, 나는 마치 망치로 얻어맞은 듯한 충격을 느꼈다.

"저는 지구인을 증오하지 않습니다. 그들의 죄는 단지 신이 없는 차원에서 태어난 것뿐이니까요. 하지만 펜블릭은 다릅니다."

그러자 레빈슨의 눈과 입이 된 지구인이 고개를 아래로 숙였다.

"이걸 보십시오. 이 더러운 인간은 뇌수만 남은 주제에 세상 모든 차원을 어둠과 공허의 저주에 물들이려 했습니다. 저는 이자를 증오합니다. 그리고 이자에 의해 보이디아 차원의 첨병이 된 펜블릭의 시민들도 증오합니다."

레빈슨의 열변에 나는 대체 뭐라고 말을 해야 할지 감을 잡을 수가 없었다.

지구인은, 아니, 레빈슨은 다시 고개를 들며 말했다.

"쓸데없는 소리는 하지 않겠습니다. 문주한, 저는 반드시 당신을 죽일 겁니다. 무슨 수를 써서라도. 하지만 지금 이 순간만큼은 휴전을 제안합니다."

"휴전?"

"일시적인 휴전입니다. 지금부터 그곳에 파견한 두 지구인이 펜블릭 전체를 파괴할 겁니다. 시간은 좀 걸리겠지만 불가능하진 않겠죠. 이미 당신이 펜블릭의 가장 강력한 기사단을 제거해 줬으니까요."

"그렇다면……."

"도우란 소리는 안 하겠습니다."

레비는 고개를 저으며 말했다.

"방해만 하지 마십시오. 저는 이곳에 있는 모든 인간을 제거해서 오비탈 차원이 더 이상 보이디아 차원의 저주에 오염되는 것을 차단하도록 하겠습니다. 그때까지만 우리도 휴전하는 게 어떻겠습니까?"

• 97장 •
악몽의 목소리

"거절한다."

나는 즉시 거부했다.

"오염을 막을 방법이 있다. 그리고 설사 없더라도 너와 협력할 생각은 없어."

"지금은 대의를 먼저 생각해야 할 때가 아닐까요?"

"대의란."

나는 눈앞에 있는 두 지구인을 보며 이를 갈았다.

"적어도 남의 몸뚱이를 맘대로 개조하는 쓰레기 같은 놈의 입에서 나올 말이 아니야."

"그렇군요. 알겠습니다."

레빈슨은 그럴 줄 알았다는 말투였다.

"어쨌든 이번엔 저도 실수가 있었습니다. 펜블릭이 악의 원흉인 줄 모르고 그에게 지구인을 공급했으니까요. 강력한 스케라를 보유한 기사단으로 만든다고 했지만, 실상은 보이디아 차원에 넘겨 버리기 위해서였군요."

나는 이를 갈며 물었다.

"몇 명이나 보냈지?"

"50명을 요구했지만 일단 다섯 명만 보냈습니다. 저도 그렇게 갑작스럽게 대규모의 지구인을 소환할 수는 없으니까요."

"뭐?"

순간 정신이 멍해졌다.

"그새 새로운 지구인을 강제로 소환시켰다는 건가? 여기 오비탈 차원으로?"

"물론이죠. 제가 2년 넘게 키운 지구인을 넘기는 건 너무 아까우니까요. 그건 그렇고 협상이 결렬되었으니……."

레빈슨의 로봇이 된 지구인은 턱을 삐걱거리며 다른 지구인에게 접근했다.

"우리가 지금까지 하던 일을 계속하도록 하죠."

그렇게 말한 다음, 두 지구인이 합체했다.

*　　　*　　　*

그동안 나는 정말 많은 것을 보았다.

개중엔 차마 눈 뜨고 볼 수 없는 것도 많았다. 참혹하고, 끔찍하고, 정신이 나갈 듯 비틀어진 현실의 구렁텅이들.

하지만 지금 내 눈앞에서 펼쳐지는 것은 그중에서도 실로 첫손에 꼽힐 만큼 그로테스크한 사건이었다.

나는 저 두 지구인을 알고 있다.

라르손과 마울라마.

라르손은 스웨덴인이며, 전생에 2034년쯤 지구로 귀환한 3단계 소드 익스퍼트다.

마울라마는 인도네시아인이며, 마찬가지로 2034년에 지구로 귀환한 3단계 소드 익스퍼트다.

하지만 그때와는 달리 지금 두 사람은 육체의 대부분이 사이보그로 개조되어 있었다.

먼저 라르손의 몸의 형태가 일그러지며 수백 가닥의 와이어가 튀어나왔다.

그러자 마울라마의 '표면'이 기괴한 소리를 내며 수십 조각으로 갈라졌고, 그 틈으로 라르손의 와이어를 받아들이기 시작했다.

빠르고 정교하게.

그렇게 두 지구인의 육체는 기괴한 형태로 재조립되며 하나로 합체됐다.

이 모든 것이 불과 3초 만에 일어났다.

물론 3초면 적들을 공격하기 충분한 시간이다.

하지만 나는 당황했다.

그리고 부정할 수 없는 사실은 찰나의 순간 일그러진 호기심에 사로잡혔다는 것이다.

저 기괴한 합체의 결과물로 대체 어떤 것이 태어날까?

결과는 악몽이었다.

끼이이이이이이이이이이이익!

합체된 두 지구인은 마치 유리 조각으로 칠판을 긁는 듯한 비명을 지르기 시작했다.

그것은 기계음이자 동시에 생체음이었다.

이유는 간단했다. 라르손의 목은 기계였고, 마울라마의 목은 아직 인간의 것을 유지하고 있었기 때문이다.

나는 전율했다.

기묘하게 일그러진 두 개의 머리통은 하나는 정면을, 하나는 배후를 보는 것처럼 연결되어 있다.

네 개의 다리는 두 개로 합쳐져 훨씬 굵고 길어졌다.

하지만 네 개의 팔은 그대로 유지된 탓에 기묘하게 얇아 보였다.

그리고 그 모든 것을 덮고 있는 것은 마치 혈관처럼 붉고 푸른 수백 가닥의 와이어였다.

와이어의 일부는 이리저리 꼬이며 등 쪽에 날개처럼 돋아 있고, 또 일부는 머리나 몸에 꼬여 마치 뿔처럼 돋아나 있다.

'이건 정말……'

나는 입술을 깨물며 뒤로 물러났다.

물론 과거에 싸웠던 빅 스카나 스몰 스카도 충분히 끔찍한 모습이었다.

하지만 눈앞에 있는 이것은 그보다 훨씬 생리적으로 용납할 수 없는 형태였다.

나는 이를 갈며 녀석을 스캐닝했다.

이름: 라르손, 마울라마
레벨: ?
종족: 지구인, 사이보그, 융합체

기본 능력
근력: 1,225(817)
체력: 1,378(919)
내구력: 771(514)
정신력: ?(?)
항마력: 487(325)

특수 능력
오러: 906(488)
마력: 0

신성: 0

저주: 450(450)

스케라: 303(303)

각인: 언어의 각인(중급)

오러 스킬: 오러 소드(상급), 오러 실드(최상급), 오러 브레이크(중급), 컴팩트 볼(중급), 오러 윙(중급)

고유 스킬: 일제분출(중급), 출력강화(하급), 스케라 빔(하급), 스케라 월(하급)

끼이이이이이이이이익!

녀석은 다시 한 번 포효하며 몸을 비틀었다.

내 스스로 고막을 파내 버리고 싶을 만큼 끔찍한 소리다.

거기에 목소리만큼이나 스텟도 기괴했다.

'레벨과 정신력이 표시가 안 된다. 그리고 오러의 현재 수치가 최대치를 넘었어.'

오러가 906이면 이미 소드 마스터의 입문인 650을 가볍게 넘는다.

나보다도 높고, 엑페보다도 높다.

하지만 녀석의 오러는 여전히 진한 청색, 즉 남색이었다.

"음, 뭔가 화면이 지직거리는군."

그때 정면에 달린 라르손의 입이 달각거렸다.

"어떻습니까. 합체는 잘됐습니까? 제 눈에는 당신밖에 안 보여서 확인을 못 하겠군요."

"레빈슨! 대체 무슨 짓을 한 거냐!"

"아이릭이 제공한 신형 사이보그 팩의 효과입니다. 스케라 합금을 소량 첨가해서 서로 다른 사이보그 신체를 마치 유전자처럼 융합시킨다고 하는데… 실은 저도 전혀 이해하지 못했습니다. 저는 레비그라스인이니까요."

"넌 인간이 아니야."

그것이 지금 내가 할 수 있는 유일한 비난이었다. 레빈슨은 웃음소리를 내며 대답했다.

"어쩐지 패배 선언처럼 들리는군요? 아무튼 좋습니다. 아, 옆에 있는 아이릭 기술 팀이 안부를 전해달라고 하는군요. 융합 데이터나 전투 데이터는 잘 쓰겠다고 합니다. 그런데 방금 뭔가 하셨습니까?"

아무것도 안 했다.

대신 라르손이 양손을 들어 자신의 눈을 파냈다.

콰직!

하지만 레빈슨은 이상하다는 목소리로 말을 이었다.

"갑자기 아무것도 안 보이는군요. 이거 뭔가 잘못된 겁니까, 기술 팀 여러분? 그런데……."

잠시 후에는 목소리마저 끊겼다.

꽈득!

마찬가지로 라르손이 목과 턱을 뜯어내 버렸기 때문이다.

정확히 말하면 라르손과 마울라마라고 해야겠지만, 어쨌든 '그것'은 자신의 눈과 입을 제거하며 다시 한 번 괴성을 질렀다.

끼이이이이이이이이익!

'목을 뜯어냈는데도 소리는 잘만 지르는군.'

그 순간, 우둑거리는 소리와 함께 그것의 목이 돌아갔다.

그렇게 뒤쪽에 있던 마울라마의 머리와 위치를 교환했다.

나는 녀석의 행동 원리를 전혀 이해할 수 없었다.

'끔찍하군. 그런데 왜 저러는 거지? 혹시 세뇌에서 풀린 건가?'

어쩌면 그럴지도 모른다.

하지만 이미 인간이 아닌 무언가로 변한 그들에게 있어, 세뇌 같은 건 본능을 가로막는 일종의 방벽에 불과했다.

그리고 폭발이 일어났다.

*   *   *

그것은 오러의 폭발이었다.

어쩌면 서로 다른 두 인간의 오러가 하나로 합쳐지며 반발력이 발생했을지도 모른다.

아니면 최대치를 넘어버린 오러가 외부로 방출되며 폭발을 일으켰는지도 모른다.

물론 내 상상이다.

하지만 폭발의 위력은 상상이 아니라 현실이었다.

나는 전력을 다해 밖으로 달렸다.

그리고 기사단 봉인실의 두꺼운 문을 벗어나려는 그 순간, 등 뒤에서 밀려오는 폭압에 의해 밖으로 튕겨 날아갔다.

콰과과과과과과과과광!

'멈출 수가 없어!'

마치 폭우가 내린 하수구처럼 나는 끝없이 통로 바깥쪽으로 휩쓸려 날아갔다.

대체 몇 분이나 날아간 걸까?

폭압은 처음 지하 통로로 진입했던 곳을 한참 지나서야 멈췄다.

"이 무슨……."

나는 비틀거리며 몸을 일으켰다.

피해는 생각보다 심각하지 않았다. 그저 폭압에 휩쓸려 날아갔을 뿐.

하지만 정신이 하나도 없다. 나는 멍한 기분으로 다시 통로를 돌아온 다음, 로그엔이 뚫어놓았던 구멍을 이용해 지상으로 올라갔다.

휘이이이이이이이이이익!

지상에는 폭풍 같은 먼지가 휘날리고 있었다.

원인은 펜블릭 본사 건물의 붕괴였다.

그토록 거대한 요새 같은 건물이 흔적도 없이 사라져 버렸다.

순식간에.

대신 본사가 있던 장소의 하늘에 흐릿한 남색의 빛이 반짝이고 있었다.

"라르손과 마울라마……."

나는 멍한 표정으로 중얼거렸다.

심정적으로 지금은 가급적 저것들과 싸우고 싶지 않다.

힘의 우열이나 승패를 떠나서 그것은 그 어떤 것보다 내 마음속의 악몽의 형태와 근접한 모습을 하고 있다.

정신력: 43(99)

바로 직전까지 80대를 유지하던 내 정신력이 50 밑으로 급락했다.

'진정해. 그래봤자 결국 사이보그 두 대가 하나로 합체했을 뿐이다.'

나는 애써 마음을 다잡으며 품속에서 마나 포션을 꺼내 마셨다.

도망칠 수 없다.

여기서 도망치는 순간, 펜블릭에 살고 있는 모든 인간이 저 괴물에 의해 학살당할 테니까.

물론 그들에게 지켜야 할 의리나 빚이 있는 건 아니다.

하지만 레빈슨이 그것을 원한다. 나는 단 한순간이라도 그와 내가 같은 것을 추구하는 것을 용납할 수 없었다.

'악의 원흉이 펜블릭이라고?'

나는 코웃음을 치며 고개를 저었다.

"그 무슨 일이 있어도… 내게 있어 악의 원흉은 바로 너다, 레빈슨."

나는 일부러 입으로 말했다.

그리고 그때, 하늘 높이 떠 있던 라르손과 마울라마가 내 쪽으로 날아오기 시작했다.

끼이이이이이이이이이이이익!

*　　　*　　　*

나는 즉시 뒤쪽으로 몸을 날렸다.

동시에 적의 몸이 지면에 충돌했다.

콰과과과과과과과광!

순간 맹렬한 폭발과 함께 거대한 크레이터가 만들어졌다.

특별한 기술은 아니다. 그저 몸에서 자연 방출 되는 오러가 폭발을 일으켰을 뿐.

끼이이이이익!

적은 즉시 크레이터를 박차고 내 쪽으로 몸을 날렸다.

녀석은 네 개의 손 중 두 개에 광선검을 들고 있었다.

그리고 서로 다른 두뇌에 지배를 받는 듯, 종잡을 수 없는 간격으로 공세를 퍼부었다.

파직!

파직!

파지지지지지!

나는 정신없이 방어와 회피를 반복하며 뒤로 물러났다.

정신이 하나도 없다.

왼쪽 광선검은 아무런 기교도 없이 최단거리의 직선 공격을 반복했다.

반면 오른쪽 광선검은 일부러 딜레이를 주는 듯, 타이밍을 미세하게 조절하며 내 호흡을 흔들었다.

한 명의 인간이 이런 식으로 쌍검을 다룬다면 그는 검술의 천재거나 미치광이일 것이다.

하지만 적은 두 개의 두뇌를 가지고 있다.

나는 단두대처럼 떨어지는 왼쪽 공격을 피한 다음, 그대로 허공에서 몸을 회전하며 적의 배후로 몸을 날렸다.

하지만 그곳에도 적의 얼굴이 있었다.

눈이 없는 라르손.

녀석은 텅 빈 눈으로 날 주시하며 비어 있는 두 개의 손을 움직였다.

'눈도 없는데? 뭔가 다른 센서가 있나?'

나는 녀석의 등이자 명치를 향해 최속으로 칼을 휘둘렀다.

하지만 적의 공격이 좀 더 빨랐다.

콰과과과과과과과과과광!

그것은 컴팩트 볼이었다.

두 개의 컴팩트 볼이 동시에 폭발하며 내 몸을 밀어냈다.

'피해는 크지 않다. 하지만······.'

적은 몸을 돌리는 대신, 우둑거리는 소리와 함께 검을 쥔 팔을 뒤쪽 방향으로 돌렸다.

사각이 없다.

두 개의 머리가 전후를 동시에 확인하며 비어 있는 손을 자유롭게 움직인다.

나는 지면을 박차며 뒤로 물러났다.

그러자 녀석도 몸을 날리며 내 쪽으로 돌진했다. 나는 적을 끌어들이며 배후에 고스트 소드를 만들었다.

그리고 한순간에 열 개의 고스트 소드를 투척했다.

적은 기다렸다는 듯이 비어 있는 양손으로 두 개의 오러 실드를 전개했다.

그리고 그것을 겹쳐 고스트 소드를 막아냈다.

파지지지지지지지직!

원래는 이걸로 막힐 리가 없다.

소드 마스터의 고스트 소드를 3단계 소드 익스퍼트의 오러 실드가 막아내는 건 불가능하다.

하지만 적의 손바닥에는 작은 구멍이 뚫려 있었다.

'스케라인가?'

그곳에서 방출된 투명한 기체가 오러 실드를 휘감고 있다.

서로 다른 두 힘이 융합되어 더 높은 시너지를 만든다.

하지만 예상 범위 안이었다. 나는 마지막 고스트 소드가 적의 오러 실드를 파고든 그 순간을 노려 적을 향해 돌진했다.

그리고 수직으로 칼을 내리 그었다.

파지지지지지직!

베었다.

고스트 소드를 방어하느라 약해진 실드를 베고, 동시에 적의 가슴팍 깊은 곳을 갈라 버렸다.

인간이라면 당연히 치명상이다.

하지만 적은 인간이 아니었다.

녀석은 아랑곳없이 굵은 다리를 치켜 올렸다.

'오러 실드를 만들 시간이 없어!'

찰나의 순간, 나는 다른 대책을 선택했다.

'아이시아의 내구력!'

동시에 녀석의 발이 내 가슴을 걷어찼다.

파지지지지지지지직!

한순간에 150에 가까운 오러가 소멸했다.

그나마 자체적인 내구력이 높아져서 망정이다. 그게 아니었다면 이 일격에 대부분의 오러를 소모하고 가슴팍이 우그러졌을지도 모른다.

엄청난 힘이다.

나는 위쪽으로 한없이 날아가며 생각했다. 그리고 녀석은 날아가는 나보다 더 빨리 내 쪽으로 몸을 날렸다.

여기까지다.

여기까지가 바로 나의 전술이었다.

적은 단 한순간도 자신이 하늘로 끌려 들어오고 있다고 생각하지 못할 것이다.

나는 먼저 녀석을 향해 칼을 집어 던졌다.

파지직!

녀석은 두 광선검을 교차하며 내가 던진 칼을 튕겨냈다. 그리고 바로 그 순간, 나는 양손을 모아 집중하며 수박만 한 크기의 오러 볼을 만들었다.

녀석은 그것을 피하려조차 하지 않았다. 아마도 평범한 컴팩트 볼이라고 생각했을 것이다.

하지만 그것은 컴팩트 볼이 아니었다.

콰과과과과과과과광!

그것은 먼저 적의 명치 부근에서 폭발했다.

하지만 폭발이 전부가 아니었다. 순간 수백 개로 쪼개진 오러의 덩어리들이 적의 가슴 전체를 타격하며 아래로 짓눌러 버렸다.

헤비 레인.

팔틱이 30년에 걸쳐서 완성한 고유 스킬로, 원래는 보다 넓은 영역에 퍼져서 쏟아져 내리는 광역 폭격용 기술이다.

하지만 폭발이 한 점에 집중되자 엄청난 반발력을 일으켰다. 적은 마치 프레스기로 눌린 것처럼 지면으로 추락해 땅바닥에 처박혔다.

콰과과과과과광!

그리고 나는 남은 오러를 전부 소모하며 적을 향해 두 발의 헤비 레인을 연속으로 쏘아냈다.

콰과과과과과과과광!

콰과과과과과과과광!

그 힘으로 적은 옴폭 파인 구덩이에 처박힌 꼴이 되었다.

그리고 나는 순간적으로 변환의 반지를 사용해 소모된 마력을 100퍼센트까지 회복시켰다.

"큭……."

순간 정신이 아득해진다.

갑작스럽게 대량의 마력이 회복된 후유증이었다. 하지만 나는 예정대로 적이 처박힌 지면을 향해 가장 강력한 화력의 마법을 쏟아부었다.

'노바로스의 파도!'

그 순간, 온 세상이 붉은색으로 뒤덮였다.

*   *   *

그것은 일정 범위 안의 공간을 극강의 화염으로 뒤덮는 마법이다.

폭은 30미터.

높이는 20미터.

그리고 길이는 약 100여 미터.

그 어떤 상황에도 엄청난 위력을 발휘하지만, 확산 범위가 너무 광대한 만큼 낭비되는 화력이 있다는 것만큼은 부정할 수 없다.

특히 상대가 혼자라면.

하지만 특정 상황이라면 효과를 배가시킬 수 있었다. 예를 들어 적의 바로 등 뒤에 두꺼운 벽이 있다면 갈 곳을 잃은 화염이 일정 지역에 보다 강렬하게 작열할 것이다.

바로 지금처럼.

적은 움푹 파인 지면에 처박혀 있다.

그리고 나는 녀석의 위쪽으로 20미터쯤 높은 곳에 떠서 추락하고 있다.

덕분에 뻗어나갈 곳을 잃은 80여 미터분의 화염이 구덩이 속에서 겹겹으로 휘몰아쳤다.

푸화아아아아아아아아악!

푸하아아아아아아아아아아악!

푸아아아아아아아아아악!

그것은 사용자조차도 견딜 수 없는 열기였다. 나는 항마력이 초 단위로 수백씩 깎이는 걸 느끼며 즉시 오러 윙을 전개했다.

지이이이이이잉!

그리고 전력을 다해 몸을 틀어 옆으로 날았다.

그리고 그 순간.

푸확!

마치 용암이 폭발하듯, 구덩이에서 휘몰아치던 화염이 하늘 높은 곳까지 솟구쳐 올랐다.

나는 아슬아슬하게 그것을 피하며 옆으로 추락했다.

"큭!"

추락 순간, 나는 구덩이로부터 더욱 멀어지기 위해 미친 듯이 몸을 굴렸다.

이미 수많은 스텟이 탈진 상태였다.

헤비 레인 세 발을 연속으로 사용하느라 오러가 바닥났고, 마력은 노바로스의 파도를 쓰느라 깨끗하게 비워졌으며, 항마력조차도 100 이하로 떨어져 간당간당한 상태였다.

하지만 아직 변환의 반지가 남아 있었다. 나는 노바로스의 강화를 한 번 쓸 수 있도록 100의 마력을 회복하고, 남은 모든 스케라를 오러로 전환한 다음 심호흡을 했다.

'끝났을까?'

나는 구덩이를 향해 걸음을 옮기며 심호흡을 했다.

처음부터 마법으로 잡으려고 작정했다.

적은 모든 것이 강력했다. 하지만 그중 유일하게 빠진 이빨처럼 비어 있는 것이 항마력이었다.

구덩이는 10미터 가까이 푹 패여 있었다.

가장 밑바닥에 새까맣게 탄 무언가가 웅크리고 있었다.

나는 스캐닝을 하고는 어금니를 빠득 갈았다.

두 지구인은 저 꼴이 되고도 아직 살아 있었다.

물론 대부분의 스텟이 바닥이었다. 사이보그 육체에 대해 자세히 아는 것은 없지만, 곧 마지막 숨이 끊어질 것처럼 아슬아슬했다.

끼기기기기긱…….

적은 그 와중에도 끔찍한 소음을 내며 위쪽을 올려다봤다. 나는 품속에서 광선검을 꺼낸 다음 구덩이 아래로 뛰어내렸다.

지이이이잉!

그리고 착지와 동시에 적의 몸을 반으로 베어버렸다.

죽이려고 벤 게 아니다.

단지 합쳐진 두 인간의 몸을 다시 둘로 쪼개놓았을 뿐.

하지만 그저 물리적으로 나눠놨을 뿐, 진짜 원래의 육체로 분리시킨 건 아니다.

어차피 이제 와서 그런 건 불가능하다. 그저 내 마음의 고통을 조금이라도 덜기 위한 이기심일 뿐.

나는 미세하게 버둥거리는 두 덩어리의 새까만 사이보그를 노려보며 말했다.

"반드시 제 손으로 죽이겠습니다."

나는 치를 떨었다. 그리고 각각의 덩어리에 달려 있는 두 사람에게 안식을 내리며 중얼거렸다.

"레빈슨… 레빈슨… 레빈슨……."

*　　　*　　　*

"그러니까 이번만큼은 너도 참견하지 마, 아이릭."

루나하이는 영상에 떠 있는 석상 같은 얼굴을 향해 말했다.

"이미 수송선이 300만 개의 뉴로칩을 싣고 펜블릭 시티로 가고 있어. 앞으로 몇 주 안에 5천만 개까지 보낼 수 있을 거야. 그러니 신경 끄고 네 할 일이나 하는 게 어때?"

—루나하이.

아이릭은 무거운 기계음으로 대답했다.

—그러니까 너는 그 지구인과 협력을 하고 있다는 건가?

"내가 누구랑 협력하는지는 아무래도 상관없어. 문제는 펜블릭이 만들어놓은 굴뚝이 이 세계를 오염시키고 있는 거라고."

—…세 기업은 서로의 영토에서 벌어지는 일에 관여하지 않는 것이 규칙이다. 최초의 협상에서 그렇게 정했을 텐데?

"그래서 어쩌라고? 그냥 이대로 우리 모성을 새까맣게 물들이겠다는 거야? 오비탈을 버리고 식민 행성으로 몽땅 이주할래? 응?"

루나하이는 도발하듯 물었다. 아이릭은 잠시 침묵하다 대답했다.

─지금 아이릭과 펜블릭은 일종의 동맹 관계다. 나는 계약을 깰 수 없다.

"그러니까 깨지 말라고!"

루나하이는 양손을 번쩍 들며 소리쳤다.

"그냥 아무것도 하지 마! 내가 알아서 할 테니까!"

─……

"그러니까 넌 그 구덩이나 들어가서 가서 마음껏 기사단을 만들라고. 방해 안 할 테니까. 그럼 되잖아? 지구인이고 뭐고 기사단을 한 열 명쯤 만들면 다 해결되는 거 아냐?"

루나하이는 자신만만했다. 아이릭은 눈구멍에서 빛을 번뜩이며 고개를 저었다.

─해결되는 건 아무것도 없다. 하지만……

"하지만?"

─보이디아 차원의 저주로부터 벗어나는 것, 그것은 나 역시 오래전부터 추구하던 바다.

"어머, 그런 주제에 펜블릭이 하는 짓을 그냥 놔둔 거야?"

─계약은 계약이니까. 어차피 보이디아 차원에서 다른 차원

으로 직접적인 영향력을 끼치려면 '무기'가 필요하다. 나는 그 무기를 막기 위해 노력해 왔다.

"무기라……."

루나하이는 복잡한 표정으로 한참 동안 고민했다.

"뭐, 알아서 해. 난 당장 급한 불부터 끌 테니까. 어쨌든 식민지 하나가 통째로 날아간 이유는 이제 확실해졌어. 캡슐 3호 말이야."

캡슐 3호는 과거 오비탈 제국이 태양계의 다른 행성의 위성에 개척한 식민지였다.

지금으로부터 약 120년 전, 캡슐 3호는 정체불명의 대기오염에 시달리다 갑자기 나타난 '공허 합성체'에 의해 멸망했다. 아이릭은 자료 화면을 띄워놓고 잠시 바라보다 말했다.

―캡슐 3호의 비극은 보이디아 차원이 확보한 '무기'를 보낸 것으로 결론을 내렸다. 하지만 실상은 펜블릭에 의한 의도적인 일이었다는 말인가?

"그래. 거긴 땅도 좁으니 순식간에 오염이 끝났을 거야. 어차피 자기네 차원과 같은 조건인데 무기가 있든 없든 무슨 상관이겠어?"

두 사람이 말하는 무기란 바로 다른 차원의 힘에 항체를 가지지 않은 순수한 존재를 뜻한다.

다른 말로 하면 '지구인'이다. 루나하이는 자신과 대화를 나눴던 유일한 지구인을 떠올리며 말을 이었다.

"이대로 놔두면 이 행성에도 공허 합성체들이 쏟아져 나올지도 몰라. 물론 한두 마리면 어떻게든 커버할 수 있겠지. 하지만 계속 나오면 우리라고 뾰족한 수가 있겠어?"

—하지만 다른 기업의 영토 안의 일에 간섭하는 것은…….

"그만 좀 해라, 이 머저리! 벽창호! 쇳덩어리 속에 너무 오래 있었더니 뇌수까지 금속으로 변해 버린 거야? 융통성을 좀 발휘하라고!"

—기업에게 있어 신용이란 가장 신성한 것이다. 절대적인 힘의 원천인 스케라에 버금가는 철칙이지.

"이 고철 덩어리가… 아, 잠시만."

루나하이는 순간 화면에서 떨어져서는 누군가와 대화하기 시작했다.

그리고 잠시 후, 그녀는 득의만만한 얼굴로 다시 화면에 다가왔다.

"야, 아이릭!"

—무슨 일이지?

"철칙 좋아하시네. 계약은 정작 네가 먼저 깼잖아?"

—무슨 소리지? 나는 계약을 어긴 적이 없다.

"방금 현장에서 들어온 따끈따끈한 정보인데, 아이릭에서 보낸 두 지구인이 펜블릭 회장을 살해했대."

—뭐라고?

아이릭은 자리에서 벌떡 일어났다.

그에겐 표정이라는 게 존재하지 않았다. 하지만 루나하이는 생각했다.

만약 그게 가능했다면 분명 잔뜩 일그러지고 새빨갛게 변했을 거라고.

—잠시만 기다려라. 잠시만…….

아이릭은 감정 없는 목소리로 중얼거렸다.

그리고 얼마나 시간이 지났을까.

—확인됐다. 네가 얻은 정보는 아무래도 사실인 것 같군.

"그렇지? 내말 맞지? 사실이지? 뭐라고 말 좀 해보시지?"

—…….

아이릭은 한참 동안 침묵하다 말했다.

—지금부터 아이릭은 루나하이가 펜블릭의 영토 안에서 벌이는 뉴로칩 보급 사업을 인정한다.

"좋아. 곧바로 진입할 테니까 방해하지 말라고."

—하지만 펜블릭 회장이 죽었다면 앞으로 펜블릭은 어떻게 되는 거지?

자식에게 대를 계승한 다른 두 기업과는 달리, 펜블릭은 홀로 모든 것을 주관하며 후계자를 만들지 않았다.

루나하이는 잠시 생각하다 어깨를 으쓱였다.

"그럼 그냥 우리 둘이 반씩 쪼개서 가지면 어때?"

—그… 그건 불가능하다. 계약상…….

"아오, 그놈의 계약!"

루나하이는 손바닥으로 테이블을 내려치며 버럭 소리쳤다.

"그럼 그냥 나 혼자 다 먹을게! 넌 그 망할 계약이나 충실하게 지켜. 알았지?"

─계약을 어긴 기업은… 다른 두 기업이 힘을 합쳐 공격하도록 계약이 되어 있다.

"하, 그래서? 그래서 누구랑 힘을 합치려고?"

루나하이는 양팔을 펼치며 코웃음을 쳤다.

"그 망할 계약 때문에 펜블릭이 지금까지 우리 세상을 자유롭게 오염시킬 수 있던 거야. 아직도 모르겠어? 지금부턴 우리도 변해야 해. 변하기 싫으면……."

─싫으면?

"도태될 수밖에."

루나하이는 만면에 미소를 띠우며 영상을 꺼버렸다.

*　　　*　　　*

캡슐 3호.

그곳은 오비탈 본성으로부터 7,900만 km 떨어진 곳에 위치한 행성 '프렉탈'의 첫 번째 위성이다.

정확히는 위성에 설치된 오비탈인들의 거주 구역이다.

하지만 지금으로부터 120년 전 벌어진 어떤 사건 이후로 캡슐 3호는 아무도 살지 않는 유령 위성이 되어버렸다.

유령.

그것은 비유적인 표현이 아니었다.

텅 빈 시가지 곳곳에 마치 유령과도 같은 공허 합성체들이 우뚝 서 있었다.

그들은 더 이상 움직이지 않았다.

그것은 그곳에 그들이 원하는 것이 더 이상 남아 있지 않기 때문이었다.

그리고 얼마나 시간이 지났을까.

완전히 파괴된 식민지 통합 관리 센터 지하의 벙커 속에 언제부턴가 붉은빛이 반짝이며 외부의 신호를 수신하기 시작했다.

─수신 완료. 오비탈 모성으로부터 송신되던 펜블릭 회장의 뇌파가 사라졌습니다.

수신기는 상황에 따라 미리 입력된 단어를 스크린에 출력하기 시작했다.

─총 21회에 걸쳐 확인됨. 펜블릭 회장의 사망을 확인. 지금부터 수송 작전을 실행합니다.

그 순간, 캡슐 3호의 거리 곳곳에 게이트가 열리며 거대한 우주선들이 지상 위로 솟아올랐다.

하지만 이런 격렬한 움직임에도 거리에 서 있던 공허 합성체들은 꼼짝도 하지 않았다.

하지만 우주선의 문이 열리자, 석상처럼 굳어 있던 공허 합성체들이 그제야 천천히 움직이기 시작했다.

그들은 매우 느릿한 움직임으로 우주선 내부에 진입했다.

그들을 유인한 것은 우주선의 화물칸 내부에 배치된 뇌파 발생기였다.

정말 살아 있는 인간의 뇌가 있는 것은 아니다.

단지 기계가 인간의 뇌파를 흉내 내어 전파를 발신할 뿐.

그리고 일정 이상의 공허 합성체가 우주선 내부로 들어오자, 기계는 더 이상 뇌파를 발신하지 않았다.

그러자 공허 합성체는 다시 움직임을 멈췄다.

우주선은 이윽고 로켓을 점화하며 하늘로 날아오르기 시작했다.

그렇게 수십 대의 로켓이 캡슐 3호를 벗어나 텅 빈 우주 공간을 항해하기 시작했다.

─수송선 발진 완료. 수송선 한 대당 포획한 공허 합성체의 평균 숫자는 4.5마리. 목표는 오비탈 제국의 수도인 불혼입니다.

불혼.

그것은 현재 루나하이의 수도인 루나하이 시티의 옛 이름이었다.

98장

제국의 유산

그 승강기는 작은 도시만큼 거대했다.

어찌나 넓은지 수만 명의 인간이 동시에 올라타도 공간에 여유가 있을 정도였다.

"6차 물량 탑승 완료!"

"승강기 하강!"

"곧바로 7차 물량을 대기 장소에 대기시켜!"

아이릭사의 직원들은 빠른 속도로 작업을 진행했다. 그러자 5만 명의 인간을 태운 승강기가 천천히 구덩이 아래로 내려가기 시작했다.

마치 화로 속으로 들어가는 오븐 판처럼.

바로 이것이 오비탈 제국이 남긴 최대 규모의 유산이다.

승강기도 거대했지만 구덩이는 훨씬 더 거대했다.

회색빛의 연기가 끊임없이 솟구치는 거대한 구덩이는 20만 명의 인간이 정렬해도 될 만큼 압도적인 넓이를 자랑했다.

"진행 상황은 어떻게 되고 있나?"

막 현장에 도착한 아이릭 회장이 현장 직원들에게 물었다. 유산 가동 장치를 컨트롤하던 사이보그 하나가 즉시 몸을 일으키며 대답했다.

"현재 5차 물량을 소진했습니다. 이제 막 6차 물량이 구덩이 속으로 들어갔습니다."

"성과는?"

"현재까지는 제로입니다."

사이보그는 고개를 저었다. 아이릭은 무표정한 얼굴로 고개를 끄덕였다.

"아직 30만 명도 안 됐으니까. 기사단은 평균 100만 명당 하나꼴로 만들어진다."

"그런데 회장님, 문제가 있습니다."

사이보그는 자신이 보고 있던 스크린에 새로운 영상을 띄우며 말했다.

"현재까지 각성에 실패한 25만 명의 뇌수를 추출해 폐쇄 단말기에 삽입했습니다. 하지만 수송해 온 단말기의 여유분은 50만 개입니다. 이대로 가면 11차 물량부터는 보관이 불가능합니다. 어떻게 하시겠습니까?"

"너무 많은 단말기를 유지하는 것도 한계가 있다. 이번 물량부터는 고전적인 방법을 섞어 사용해라."

"고전적이라면……."

"오비탈 제국의 방법이다. 모르면 검색해서 그대로 시행하라."

아이릭은 고압적으로 명령했다. 사이보그는 잠시 데이터를 검색한 다음 움찔하며 몸을 떨었다.

"정말 이대로 시행하면 됩니까?"

"그래. 여유분이 확보되면 그때부터 다시 뇌수를 회수해라."

아이릭은 뒤쪽의 의자에 앉으며 통제실 전면을 가득 채운 대형 스크린을 바라보았다.

스크린에 출력되는 것은 구덩이 속으로 들어간 인간들의 모습이었다.

그들 모두가 두뇌를 제외한 모든 것을 기계로 바꾼 전신 사이보그였다.

일부는 긴장하고 있고, 일부는 흥분하고 있다.

그리고 대부분은 긴장과 흥분을 동시에 느끼고 있었다.

이들 중 대부분은 각성하지 못한 채 스케라 중독 증상에 빠질 것이다. 하지만 성공한다면 오비탈 역시에 영원히 남을 '기사단'으로 등록이 되리라.

"어쩐지 즐거워 보이는군."

아이릭은 보기 드물게 흥미로운 표정을 지으며 스크린을 주시했다.

펜블릭의 진실을 알게 된 이후, 그는 인간에게 있어 '자극'이란 게 얼마나 중요한 것인지 새삼 깨닫게 되었다.

그런 의미에서 볼 때, 스케라 구덩이 속으로 들어가는 것은 인생에 두 번 다시없을 극한의 자극일 것이다.

그때 수송선에서 뒤늦게 내린 레빈슨이 옆으로 다가오며 물었다.

"어떻게 되고 있습니까? 새로운 기사가 만들어졌나요?"

"아직입니다."

아이릭은 무뚝뚝하게 대꾸했다.

레빈슨이 자의적으로 펜블릭을 살해한 문제는 이미 충분한 대화를 통해 서로 납득했다.

그렇다고 앙금이 완전히 사라진 것은 아니었다. 아이릭은 펜블릭에서 마지막으로 수집된 영상을 손바닥 위에 띄우며 말했다.

"당신이 제공한 지구인은 예상보다 약했던 모양입니다. 사망이 확인되었습니다. 아이릭의 최첨단 기술을 적용했지만 도움이 안 됐군요."

"그렇습니까? 그거 아쉽군요."

레빈슨은 별다른 동요 없이 혀를 찼다.

"하지만 이제 시작이니까요. 문주한을 죽이는 일이 그렇게 쉬웠다면 여기서 이렇게 수백만 명을 구렁텅이에 집어넣는 일은 시작도 안 하지 않았겠습니까?"

바로 그 순간, 통제실의 대형 스크린에서 이상이 발생했다.

"화면이 불안정하군요. 뭔가 문제라도 있습니까?"

레빈슨이 물었다. 아이릭은 천천히 고개를 저으며 말했다.

"문제는 없습니다. 구덩이 속으로 깊이 들어갈수록 스케라의 농도가 더 높아집니다. 유선 시스템조차도 방해받을 만큼 말입니다."

동시에 흔들리는 화면 속에 수많은 인간이 몸부림치기 시작했다.

"……."

"……."

"……."

소리가 들리지 않는 것이 천만 다행이었다.

영상의 인간들은 저마다 찢어질 듯 입을 벌리며 비명을 질러댔다.

개중엔 어찌나 입을 벌렸는지, 기계로 된 턱이 빠지거나 하관이 무너진 자도 있었다.

5만 명의 절규, 5만 명의 고통, 5만 명의 실성…….

일부는 아예 스스로의 몸을 자해하기 시작했고, 일부는 그자리에 주저앉은 채 멍한 표정으로 꿈틀거렸다.

"마치 지옥 같은 광경이군요."

레빈슨이 메마른 목소리로 말했다. 아이릭은 고개를 살짝
비틀며 물었다.

"레비그라스에도 지옥이 있습니까?"

"그럴 리가요. 빛의 신께선 선한 자도 악한 자도 모두 빛으
로 돌려보내십니다. 지옥은 지구에서 건너온 개념이죠."

"지구라… 그렇군요."

그리고 얼마나 더 시간이 지났을까.

절규하는 인간들 사이에서 대기 중이던 수백 대의 로봇이
천천히 움직이기 시작했다.

레빈슨이 물었다.

"저 로봇은 어떻게 움직이는 겁니까? 스케라 농도가 높으면
로봇의 기능도 제약을 받는다고 하지 않았습니까?"

"저 로봇도 제국의 유산의 일부입니다."

아이릭은 감정 없는 목소리로 대답했다.

"특수한 환경에서 작업할 수 있도록 고대의 시스템으로 개
발되었습니다."

"고대의 시스템이라면?"

"스케라를 쓰지 않는 시스템 말입니다. 당신이 입고 있는
우주복처럼."

모든 로봇은 유선으로 승강기의 본체와 연결되어 있었다.
통제실의 직원들이 바쁘게 움직이는 가운데, 한 로봇이 웅크
리고 있는 인간의 몸을 잡아 일으키기 시작했다.

"……."

로봇은 뭔가를 체크하더니, 그대로 인간의 몸을 집어 들었다.

그러고는 유산의 바깥쪽으로 이동해, 끝이 보이지 않는 구덩이 속으로 집어 던졌다.

그것이 시작이었다.

수백 기의 로봇 전부가 인간들을 유산 밖으로 집어 던지기 시작했다.

이것이 바로 오비탈 제국의 방식이다.

제국은 열두 명의 기사를 만드는 과정에서 발생한 1,200만 명의 부적합자들을 전부 구덩이 속으로 던져 버렸다.

아무도 구덩이의 가장 깊은 곳까지 내려가지 못했다.

하지만 그곳에 뭐가 쌓여 있을지는 충분히 예상할 수 있었다.

그때 통제실로 새로운 보고가 들어왔다.

"…그런가. 알겠다."

아이릭은 무표정한 얼굴로 고개를 끄덕였다.

"지금 각성에 성공한 자를 확보했다고 합니다."

동시에 스크린이 승강기의 한쪽 구석을 집중해서 보여주었다.

그곳에는 다른 인간들과는 달리, 온몸이 구속 구에 휘감긴 미라 같은 남자가 웅크리고 있었다.

레빈슨은 눈살을 찌푸렸다.

"저건……."

"지구인입니다. 당신이 며칠 전에 이곳으로 소환한."

"역시 그렇군요."

레빈슨은 씁쓸한 표정을 지었다.

"지구인을 저 안으로 데려간다는 이야기는 못 들었습니다만?"

"제가 임의적으로 섞어 넣었습니다. 사후 승낙을 받는 형식이 되어 미안하군요."

"어차피 펜블릭에 넘기려던 인간입니다. 큰 상관은 없습니다만……."

"무언가 문제라도 있습니까?"

레빈슨은 잠시 고민하다 고개를 끄덕였다.

"지금 제겐 저 새로운 지구인을 재교육할 인력이 없습니다."

"세뇌 말이군요."

아이릭은 상관없다는 듯 고개를 저었다.

"그건 제게 맡겨주십시오. 전신 사이보그로 개조하고 보디에 코드를 입력하면 거기에 따를 수밖에 없습니다."

"의식이 사라지는 겁니까?"

"아닙니다. 의식이 사라지면 스케라를 다룰 수 없으니까요. 다만 자신의 의지와 상관없이 정해진 명령에 따르게 됩니다. 복잡한 건 무리입니다만… 문주한의 데이터를 넣어 놓고 그를 죽이라고 코드를 짜면 그만입니다. 오……."

아이릭은 화면에 표시된 새로운 데이터를 천천히 읽으며 감탄했다.

"대단하군요. 지구인의 스케라 적응력은 제 상상을 초월하는 것 같습니다. 레빈슨, 새로 소환한 지구인은 총 몇 명입니까?"

"15명입니다. 20명을 데려왔는데 이미 다섯 명을 펜블릭에게 넘겨주었으니까요."

"그렇다면 이제 10명이 남았군요."

"벌써 다섯 명을 저 구덩이에 집어넣은 겁니까?"

"네."

"그럼 다른 네 명은?"

아이릭은 한쪽 어깨를 으쓱였다. 레빈슨은 복잡한 표정을 지으며 말했다.

"다음부터는 제게 미리 양해를 구해주셨으면 좋겠군요. 지구인을 다른 차원으로 소환하는 건 쉬운 일이 아닙니다. 아무리 저라도 상당한 유예 기간이……."

레빈슨은 갑자기 입을 다물었다. 아이릭은 무표정한 얼굴로 물었다.

"왜 그러십니까?"

"…저는 맵온이라는 각인 능력이 있습니다."

"레비그라스에 존재하는 내비게이션 기능 말이군요? 그게 다른 차원에서도 작동합니까?"

"네. 그리고 최상급이 되면 사용법에 따라서 다양한 검색이 가능합니다."

"매우 유용하겠군요. 그런데 갑자기 왜 그걸 말씀하십니까?"

"왜냐하면……."

레빈슨은 긴장된 표정으로 미소를 지었다.

"같은 능력을 문주한도 가지고 있기 때문입니다."

"그게 어떤 의미입니까?"

"그가 맵온의 새로운 사용법을 알아냈다는 의미겠죠. 아, 그보다도 지금 이곳을 지키는 병력은 얼마나 됩니까?"

"1개 기갑 사단과 2개 보병 사단입니다. 거기에 B형 로봇 2천 대와 기사단 두 기가 있습니다. 한 기는 펜블릭이 지원해 준 기사인 뮤린입니다."

아이릭이 말한 병력은 통제실 주변을 가득 둘러싸고 있었다. 레빈슨은 가볍게 미소를 지으며 고개를 끄덕였다.

"그렇군요. 그런데 저는 그만 본사로 돌아가도 되겠습니까?"

"물론입니다. 그리고 본사에 남아 있는 새로운 지구인 전원을 이쪽으로 보내주시길 바랍니다. 유산을 작동한 김에 최대한 많은 기사단을 확보하는 게 좋을 테니까요."

"알겠습니다."

레빈슨은 선선히 승낙했다. 아이릭은 몸을 돌려 수송선을 바라보며 말했다.

"그럼 지금 바로 움직이도록 하죠. 저도 이곳에 오래 있는 건 불편하니 말입니다."

"네. 천천히 돌아오십시오. 저는 먼저 돌아가 있도록 하겠습니다."

그렇게 말한 레빈슨은 곧바로 스스로의 몸을 향해 새하얀 광선을 발사했다.

그걸로 끝이었다. 아이릭은 눈앞에서 사라진 레빈슨의 모습에 적지 않게 당황했다.

"텔레포트라니… 단지 차원만 이동하는 게 아니었나?"

"회장님! 설치해 놓은 동작 감지 장치에 무언가 걸렸습니다!"

그때 직원 한 명이 급하게 달려오며 홀로그램 장치를 띄웠다.

"스케라 폭풍에 의한 오작동일 가능성이 매우 높습니다. 하지만 아닐 가능성도 있어서……"

"나는 본사로 돌아간다."

아이릭은 곧바로 수송선을 향해 걸음을 옮겼다.

"전군에 명령한다. 지금 당장 경계 태세를 최고로 높인다. 문주한이 제국의 유산을 공격해 올 가능성이 있다."

"알겠습니다!"

직원은 즉시 경례를 붙이며 통제실로 달려갔다. 아이릭은 궤도 폭격에도 견디는 자신의 육중한 수송선을 보며 혼잣말을 중얼거렸다.

"그래서 저렇게 빨리 도망친 건가? 신의 사도라도 겁이 나긴 나는가 보군. 하지만 과연 안전한 장소라는 게 있을지……."

그리고 수송선에 타기 직전, 아이릭은 뿌연 하늘을 올려다 보며 희미한 미소를 지었다.

"그러고 보니 한 군데가 있었군, 안전한 곳이."

*   *   *

올더 랜드로 돌아가는 수송선 속에서 나는 필사적으로 생각하고 또 생각했다.

'레빈슨은 최상급 전이 능력을 가지고 있다. 꼭 다른 차원으로 도망치지 않더라도 내가 접근하는 걸 파악하면 같은 차원의 다른 장소로 도망쳐 숨을 수 있다.'

결국 언젠가는 레빈슨을 찾아 죽여야 한다.

하지만 그자의 도망치는 실력은 세계 제일을 넘어 차원 제일이다.

어떻게 위치를 파악해서 접근한다 해도, 전이의 각인을 사용하면 모든 게 처음으로 돌아간다.

'뭔가 방법이 있을 거다. 방법이……'

"뭘 그렇게 골똘하게 생각하시나?"

나는 퍼뜩 정신을 차리며 정면을 바라보았다.

마주 보고 앉아 있는 것은 금발의 소녀였다. 나는 그제야 내가 타고 있는 것이 루나하이의 회장 전용 수송선이라는 것을 떠올리며 한숨을 내쉬었다.

"집중력이 대단한데? 이렇게 귀여운 여자아이가 앞에 앉아 있는데 말이야. 무려 한 시간 동안이나 없는 사람 취급할 수 있다니."

"죄송합니다. 잠시 생각할 게 있어서."

"생각은 혼자 하는 거보다 같이할 때 팍팍 떠올라. 쓸데없는 이야기를 마구 떠들다 보면 복잡한 게 정리되면서 전혀 상상하지 못한 아이디어가 떠오르는 법이라고. 안 그래?"

옳은 말이다. 그래서 나는 레빈슨과 관련된 모든 정보를 그녀에게 전해주었다.

그녀는 새파란 눈동자를 깜빡이며 내 이야기를 경청했다.

"재미있는 이야기네. 전이의 각인이라… 그건 어떤 테크놀로지를 결합한 거야?"

"과학이 아니라 마법입니다. 정확히는 신법(神法)이라고 해야 할지도 모르겠군요."

"신법이라, 그것참 비과학적인 이야기네."

루나하이 회장은 코웃음을 치며 창밖을 바라보았다.

그녀는 직접 수송기를 타고 펜블릭까지 날아와 날 픽업해 주었다. 덕분에 올 때와는 달리 돌아갈 때는 매우 편안하고 느긋한 시간을 보낼 수 있었다.

"아이릭과 펜블릭과 루나하이는 각기 다른 기술을 발전시켰어."

루나하이는 갑자기 화제를 바꾸며 말했다.

"아이릭은 융합 기술이야. 두 사이보그를 하나로 융합시키면 두 사람이 가지고 있던 스케라만큼 강력한 존재가 나올 테니까."

"제가 상대한 지구인이 바로 그거였습니다."

"프로토 타입이 성공했다는 정보는 입수했어. 상대해 본 느낌은 어때?"

"한시라도 빨리 레빈슨을 죽여야 한다는 느낌이었습니다. 가능하면 아이릭 회장도 같이 죽이면 좋겠군요."

"끔찍했던 모양이네."

루나하이는 한쪽 어깨를 으쓱였다.

"그리고 펜블릭은 유기 금속 기술을 발전시켰어. 스케라를 통해 자유롭게 조종할 수 있는 액체 금속인데 뭐, 이것도 나보다 네가 더 잘 알겠네. 직접 상대해 봤으니까."

"네. 꽤나 까다롭더군요."

"그리고 우리 루나하이는 스케라를 다른 힘으로 변환하는 변환 기술에 주력했어. 결과는 뭐, 네 손가락에 껴 있으니 잘 알 테고."

루나하이는 내 손가락에 끼워진 세 개의 반지를 가리키며
말했다.

"어쨌든 내 이야기의 핵심은 세 기업이 전부 '힘'과 관련된
기술을 강화시키는 데 주력했다는 거야."

"힘이라……."

"비록 균형을 깬 건 너 같은 다른 차원의 존재였지만, 너희
들이 오지 않더라도 시간이 계속 지났다면 세 기업은 결국 전
쟁을 벌였을 게 틀림없어. 그러니까……."

루나하이는 잠시 고민하다 피식 웃으며 말했다.

"혹시라도 부담 가지지 마. 오비탈의 인간들이 아무리 많이
죽더라도, 그건 네가 초래한 일이 아니니까. 결국 터질 일이
먼저 터졌을 뿐이야."

내가 일으킨 펜블릭 시티의 시가전 탓에 약 30만 명의 시민
이 목숨을 잃었다. 나는 무거운 얼굴로 고개를 끄덕였다.

"감사합니다, 루나하이. 그런데 '굴뚝 청소'는 어떻게 진행되
고 있습니까?

"순조롭게 진행 중이야. 이미 백만 명에게 시술 중이고… 앞
으로도 뉴로칩이 확보되는 대로 계속 계속 보내야지."

"시민들이 거부하진 않습니까?"

"그들은 거부란 것을 몰라."

루나하이는 입술을 깨물며 고개를 저었다.

"외부에서 뭔가를 명령하면 거기에 그냥 따르거든. 지금까지는 펜블릭 본사에서 모든 걸 컨트롤했지만… 지금부터는 뉴로칩을 받은 인간들이 스스로 어떻게든 해나가야지."

"더 이상 펜블릭이 지배하지 않는 겁니까?"

"후손이 없으니까. 당분간은 루나하이에서 직원들을 보내 통솔할 계획이야."

"아이릭은요?"

"일단은 내 맘대로 하는 것에 동의했어. 하지만 나중에 어떻게 나올지는 모르니……."

루나하이는 내 눈을 노려보며 사악한 미소를 지었다.

"네가 잘 좀 해줘, 문주한. 아이릭이 다른 곳에 신경 쓸 수 없도록."

"물론 최선을 다할 생각입니다."

"좋아. 이런 게 바로 남의 칼을 빌려서 사람을 죽인다고 하는 거겠지."

그녀는 표정을 지우며 시선을 돌렸다.

"나도 착한 인간은 아니야. 그저 내 욕망대로 옛날 방식으로 돌아가고 싶을 뿐이지."

"옛날 방식이라면?"

"오비탈 제국이 지배하기 전의 세상 말이야. 수십 개의 나라가 평범하게 세상을 나눠서 다스리고… 다양한 문명과 문화가 있고, 그런 건 내가 가장 잘 알아. 우리 루나하이 시티가 제국의 옛 수도에 세워진 도시거든. 오래된 시설에서 과거의 기록들을 많이 발굴해 냈어."

나는 문득 그녀의 나이가 몇 살인지 궁금해졌다. 루나하이는 외모와 어울리지 않는 깊은 상념에 잠긴 얼굴로 창밖을 바라보고 있었다.

"쓸데없는 이야기를 많이 했네. 나이를 먹으면 이런 게 문제라니까? 아무리 젊게 살려 해도 두뇌에 축적된 기억과 경험이 문제야. 그보다도 그쪽 문제 말인데."

그녀는 손바닥 위에 홀로그램 스크린을 띄우며 물었다.

"이게 아이릭 시티에 있는 본사 건물이야. 레빈슨이라는 지구인도 이곳에 있겠지?"

"지구인이 아니라 레비그라스인입니다. 어쨌든 그렇겠죠."

"그런데 정작 위치를 확인해도 그 텔레포트 능력으로 도망쳐 버리면 그만이라는 거고."

"네. 어디로 도망치는지 알 수가 없습니다."

"그럼 몰래 기습하는 수밖에 없나?"

"가능하다면요. 하지만 쉽지 않을 겁니다."

"그 '레비의 성물'이라는 걸 파괴하면? 그럼 텔레포트를 못 쓰는 거야?"

"원래는 그렇게 됩니다. 하지만 각인 능력을 최상급까지 높이면 관련된 성물이 파괴되어도 능력을 사용할 수 있습니다. 물론 레빈슨과는 별개로 그 성물 역시 최대한 빨리 파괴하는 게 좋겠지만요."

"그렇구나. 그러면……."

루나하이는 잠시 생각하다 물었다.

"그 레빈슨이라는 인간이 가지고 있는 '맵온'이란 능력 말이야, 너도 가지고 있다는 그거."

"네. 지도를 열고 특정 목표를 확인하는 능력입니다."

"레빈슨이 그걸 가지고 네 위치를 확인하는 게 아닐까? 그래서 위험하면 미리미리 다른 곳으로 피해 있던 거지. 아니면 절묘하게 기다리고 있다가 대화를 한다던가."

"하지만 그도 저도 인간입니다. 지구인도 레비그라스인도 오비탈인도 모두 같은 인간으로 표시됩니다."

"하지만 그런 것치고는 그 인간이 하는 짓이 수상해. 마치 네 몸에 발신기를 달아놓은 것처럼 요리조리 빠져나가잖아? 결국 그 맵온이란 능력에서 널 특정할 수 있는 검색어가 존재하는 거 아냐?"

그것은 너무도 당연한 의문이었다.

얼마나 당연한 의문인지, 내가 지금까지 스스로 떠올리지 못했다는 것에 충격을 받을 정도였다.

나는 즉시 스스로를 스캐닝했다.

종족: 지구인, 초월자, 정령왕의 화신

이것이 내가 가진 종족값이다. 나는 즉시 맵온에 '초월자'를 검색했다.

그리고 한숨을 내쉬었다.

오비탈 행성 전체를 둘러봐도 반짝거리는 점은 단 하나뿐이다.

바로 나.

'정령왕의 화신'도 마찬가지였다. 오직 나만 적색과 청색과 하늘색이 조합된 괴상한 색으로 깜빡거린다.

'난 왜 지금까지 이걸 떠올리지 못한 걸까?'

나는 자책하며 고개를 흔들었다. 그리고 얼음 대륙에서 직접 만났던 레빈슨의 기억을 떠올렸다.

종족: 레비그라스인, 퀘스트 마스터, 빛의 사도

이것이 레빈슨의 종족값이었다.

나는 즉시 '퀘스트 마스터'로 검색했다.

'표시되는 게 있다면 그게 바로 레빈슨이다.'

나는 바짝 긴장하며 지도를 살폈다.

그리고 경악했다.

"두 개?"

표시되는 점은 하나가 아니었다.

하나는 아이릭 시티의 중심에 있고, 또 하나는 느린 속도로 크론톰 지역을 향해 움직이고 있었다.

'설마 레빈슨이 둘로 분리된 건가? 아니, 그럴 리가 없어. 누군가 또 다른 퀘스트 마스터가 있는 거다. 하지만……'

그러고 보니 내가 알고 있는 또 다른 퀘스트 마스터가 있다.

'엑페? 설마 엑페가 지금 오비탈 차원에 와 있는 건가? 설마 납치당해서 사이보그가 된 건가?'

상상만으로도 패닉 상태에 빠질 지경이었다. 나는 심호흡을 하며 스스로를 안정시켰다.

'그럴 리가 없어. 침착해라, 문주한. 엑페 말고도 퀘스트 마스터일 가능성이 있는 존재가 있을 테니까……'

차분하게 생각하자 곧 한 사람의 이름이 더 떠올랐다.

유메라 크루이거.

슌의 정보에 의하면 그녀는 현재 사이보그가 되어 레빈슨을 돕고 있다고 한다.

'그래. 황태후도 퀘스트 마스터였던 거야. 그렇다면 그 둘을 구분하는 방법은……'

나는 즉시 맵온에 '빛의 사도'를 검색했다.

그러자 아이릭 시티에서 반짝거리던 점이 사라졌다.

대신 크론톰 지역으로 움직이던 점이 색만 바뀌어 계속 깜빡였다.

나는 눈을 질끈 감으며 주먹을 움켜쥐었다.

"잘된 거야? 뭔진 모르지만 성공했어?"

잠자코 기다리던 루나하이가 빙긋 웃으며 물었다. 나는 천천히 눈을 뜨며 고개를 끄덕였다.

"모두 당신 덕분입니다, 루나하이. 비샤의 말이 사실이었군요."

"그래? 그 아줌마가 뭐라고 그랬는데?"

"당신이 오비탈에서 둘째가라면 서러워하는 천재라고 하더군요. 그 말이 사실인 모양입니다."

"내가 또 한 머리 하지."

루나하이는 손가락으로 머리를 두드리며 자신 있는 표정을 지었다.

"그래서 이제 그 레빈슨인가 하는 인간을 확실하게 추적할 수 있게 된 거야?"

"네. 최소한 일방적으로 위치를 파악당하지는 않게 되었습니다."

하지만 그렇다고 마냥 기뻐할 일은 아니다.

'결국 바뀐 건 없다. 상대도 내가 접근하는 것을 알고 있을 테니… 위험하다 싶으면 미리 전이의 각인을 사용하겠지.'

물론 방금 파악한 사실만으로도 많은 것이 바뀌게 된다. 나는 레빈슨을 잡기 위해 필요한 전략을 머릿속에 그리며 고개를 끄덕였다.

"일단 심리적으로 압박하는 게 우선이겠군요. 먼저 자신이 추적당하고 있다는 걸 깨닫도록 만들어야겠습니다."

"그래? 모르는 척하고 있다가 몰래 기습하는 게 좋지 않을까?"

"기습은 통하지 않을 겁니다. 제가 그자라면 최소한 한 시간에 한 번씩은 제 위치를 검색할 테니까요."

어쩌면 30분이나 10분 단위일지도 모른다. 루나하이는 아무래도 좋다는 얼굴로 미소를 지으며 고개를 끄덕였다.

"아무튼 잘해봐. 나야 그 레비그라스인을 돕고 있는 아이릭만 무너뜨리면 그만이니까."

"결국 오비탈 전체를 지배할 생각입니까?"

"가능하면. 모두를 지배해야 모두를 돌려줄 수 있겠지."

그녀는 그윽한 눈으로 날 바라보며 말했다.

"그런데 너, 나이가 몇 살이야?"

"스물한 살 정도입니다."

"정도? 확실하지 않아?"

"육체적으론 그렇지만, 정신연령은 40대라서요."

"정신연령이라… 확실히 보기보다 속에 든 게 늙어 보이긴 해."

그녀는 납득이 간 듯 고개를 끄덕였다.

"아무튼 내 아이디어로 큰 이익을 봤지? 그러니 포상으로 키스해 줘."

"그게 포상이 됩니까?"

"그럼. 개조 한 번 받지 않는 순수한 젊은 인간에게 받는 키스는 우리 업계에선 포상이라고."

그녀는 자신의 입술을 손가락으로 가리키며 웃었다. 나는 입술 대신 그녀의 볼에 입을 맞춘 다음 몸을 떼었다.

"이 정도로 참아주십시오. 저도 겉모습에 영향을 받는 인간이라 더 이상은 무리입니다."

"깜짝이야."

루나하이는 휘둥그레진 눈으로 날 바라보며 말했다.

"태어나서 처음이야. 누군가 내 볼에 입을 맞춘 건."

"…그거 잘됐군요."

나는 눈살을 찌푸리며 쓴웃음을 지었다. 루나하이는 어쩐지 그게 더 마음에 드는 듯, 연신 웃으며 자신의 볼을 쓰다듬었다.

덕분에 나도 피폐해졌던 마음이 조금은 풀어지는 기분을 느꼈다.

그만큼 라르손과 마울라마의 융합체는 내 멘탈을 심각한 수준으로 흔들어놓았다.

'스스로도 강철 같은 정신력을 가지고 있다 자부했건만… 결국 그 누구라도 본능적인 약점이란 게 존재하는 모양이군.'

그것은 도저히 생리적으로 받아들일 수 없는 형태였다.

문득 갑자기 스텔라가 보고 싶어졌다. 나는 그녀의 희미한 미소를 떠올리며 천천히 마음을 가다듬었다.

이제 두 개만 더 해결하면 된다.

그러면 레비그라스로 돌아가, 나의 오래된 동료들과 재회할 수 있을 것이다.

『리턴 마스터』 11권에 계속…